VANITY FAIR

Phoenix in Taipei

浮華世界

台北

鳳城霧語

It Boy in Taipei

明星煌

STARMONARCH

願你走過浮華半生，不忘那無怨也無悔的青春。

このマチに、誰でもせめて一回幸せを手に握るチャンスがある。

第1杯摩卡咖啡

致青春裡辜負我們的壞傢伙

梁丘樂，一個被太陽煎得酥黃的盛夏，他在咖啡館工作。

小樂是偶然路過這家咖啡館的。灰色的招牌，白色印刷字體，沒有斑駁，但存在感低調，像是一個沉默的貴族坐落在城市鬧區。咖啡館雖然位在捷運站附近，但屬於那種只會因為跟朋友約吃飯而造訪的地點。當時因為躲太陽的關係小樂在店門口晃了一眼，玻璃門內大約有二十坪空間，擺了六、七張褐色桌子，頗有質感，但是下一秒如果有陰森巫師從裡面竄出來也很合理。

小樂那時想：這大概是一個充滿夢想的年輕人開的店吧，他聽過不只一個長輩曾說：「想毀了一個年輕人，就去鼓勵他開咖啡店！」，後來他在公關公司做事，經手從企劃設計到推廣行銷，營運品牌與商店，對於市場有一定的理解後他更是認同這句話。如果你一無所有，想開一家咖啡店當做生意的起頭，那麼你一定是傻子。

不會賺錢的商店，就像不會說話的主持人或是不會教書的老師，都該拉出去打五十大板。

「你在公關公司做得好好的，為什麼要來咖啡館打工？」

說話的人是咖啡館老闆，韓東宇。雖然他後來叫小樂不要喊他老闆，但小樂實在想不到其他更好的稱呼。韓老闆絕對不是那種親切到讓你可以喊他韓大哥或東宇哥的傢伙。事實上在小樂工作的前三個月裡，他就對小樂發過五次脾氣，臉紅脖子粗的那種生氣，包含了小樂印製新的菜單，改變了店裡桌椅的顏色，要求他增加咖啡的種類，延長營業時間以及讓他對客人笑一笑。等你對他們和咖啡館了解多一點，你可能會認同小樂是正確的。商人沒有信仰，就算有也不是甚麼創業的初衷還是烹調熱忱之類的廢話，而是金錢！

「我一畢業後就進入那間公司，待了兩年又十個月。」為此他很遺憾，他應該熬滿三年，這樣之後跳槽到任何一間單位，都會更好聽更理直氣壯，可以稱我工作了三年，而不是畸零的兩年又十個月。這對數字和顏色等等有強迫症的小樂來說就好像看見書架上獨獨空了一格位置，填不滿的不舒服感讓他超困擾。

當初領完年終獎金後他就忍不住辭職了，源於跟他共事的同事很機車小人，常常撿容易的活做，完事後又以一種我可是比較操勞的態度跟他檢討。還有上司，一個常常愁眉苦臉的主管，老是覺得企劃這邊不夠詳細那裡可以再多寫，當你真的給他一份鉅細靡遺的檔案時，他又還是看簡報檔跟你對話……當然這都不是大事，他們依舊對小樂張著笑臉，偶爾還是談笑風生，但很多扎心的小事，都是攤牌說了顯得自己小心眼，不說又快憋到內出血。

他們永遠不知道如果沒有他，小樂不會說很多案子會因此談不成，因為年輕人最忌諱自以為是，但他只能說如果沒有他的斡旋和手腕，很多事不會那麼輕鬆的解決，最後，他也懶得說了，因為他迷信優雅轉身的原則，他想等到公司失去他後終有一天他們會在企劃案裡奔波和愁眉時想起，曾經有他是多麼幸福的一件事。

工作對他來說，或是對很多年輕人來說就像戀愛一樣，認真付出的時候根本不知道甚麼斤斤計較，甚麼叫受了委屈，因為我愛我甘願。他可以把咖啡當開水喝，他可以把熬夜當成看電影一樣享受，工作虐我千百遍，我待工作如初戀，但是要有一天你把他虐醒了，那麼就沒有互相體諒這回事，他揮揮衣袖，轉頭就是一個新世界。人生嘛，敢放下的人便無所顧忌。

其實最大離職的原因是他不知道再待下去，等待著他的是萬里前程還是無底深淵，他討厭未知，害怕不確定，甚至用理性分析後得到毀大於成的結論，於是他毅然決然地離開。而且身體也在日夜燃燒的工作中支離破碎得差不多了。

總之他累了。

在投入下一份工作前，他不知道要在同行裡持續深耕還是轉行，畢竟也擔心繼續下去可能一輩子打死就是公關這行了。但轉行，興趣真要說又太多，也無法一下子掐準主意，所以他給自己一個冷靜期，順著衝動和單純的想要試試，咖啡館浮現了出來，但他不可能腦子一熱跟銀行貸款開家店，幾番思量，他想，我不能開，但我可以去一家咖啡店工作呀。

「我不是來打工的，我是來要一份工作的。」小樂說。

韓老闆有一張冷硬卻不失魅力的臉，不過他總在避免產生正面情緒，他像是日本那種專精工藝的師傅，嚴肅的眉頭，不悅的嘴角，無可挑剔的專業。小樂忽然想起太宰治在《人間失格》裡所說的：若能避開猛烈的歡樂，自然也不會有很大的悲傷來訪。除非韓老闆抱持著這種觀點，否則小樂說韓老闆就是一個冷漠的人這一點也不過分。

「可是我只要一個工讀生，沒有工作可以給你。」

小樂拿出一份營利估算表。

來訪之前他觀察了這間咖啡館兩週時間，清楚咖啡館從下午一點到晚上八點會有多少客人，其中多少是熟客多少是路過，甚麼飲品的材料進貨根本是多餘，甚麼熱門款項他偏偏缺少。而在附近有其他三間會跟他共享客源的售貨端點：一家星巴克、一家超商和一間開到下午的複合型簡餐店，咖啡館要如何從競爭中脫穎而出。這份企劃書裡根據種種理解和預估每月的支出開銷成本，小樂粗擬了一份讓他營業額能在下個季度由虧轉盈的方案。他很專業，他很得意，因為換作是在以前公司，他製作的企劃和營業方略那是按件計酬的，現在韓老闆招到一位有近三年市場行銷經驗的公關，還不樂透了。

然而他萬萬沒想到的是，韓老闆翻了前面幾頁就擺回桌上說：「我沒興趣，也看不懂。」

小樂的錯愕是放大的字體全寫在臉上，「難道我有估算錯誤嗎，雖然失禮，但咖啡館目前一定是虧損的，就算這地是你的不用繳房租。」

「你沒想錯，是虧損，我看你前頭的估算也都非常正確，但我不知道你寫這要幹嘛。」

「我可以讓你這間店有合理的營收，你開店就是要賺錢，不是嗎？」

韓老闆盤起雙手沉默，只是盯著小樂。韓老闆的模樣看起來像是二九、三十上下年紀，但是小樂從他的語調和牆上用圖釘釘住的幾張明信片，附註的年份和他當時的學生背景來推算，他現在年紀落在三十五歲，正負一歲誤差。小樂想了想，理解甚麼的說：「你是有錢人，只是開興趣的？」

「不是。」

「你對於賺錢這件事有排斥嗎？」

「沒有。」

「如果我是來應徵打工而不是一份工作，你會接受嗎？」

「如果你能做好工作，我會。」

小樂滿意的點頭，「所以現在唯一讓你決定要不要錄取我的因素是酬勞對吧，我想打工跟工作的差別也就在這而已。」

「不是，因為我感覺你的氣質並不適合這間咖啡館。」

「氣質這種東西演一演就有了，何況我是到這工作，又不是來這拍照打卡上傳ＩＧ，拿氣質出來幹嘛，作為一個老闆，你只管我有沒有做事才幹，至於氣質，我談吐正常不吐髒字，行為端正不偷雞摸狗，這就是最好的氣質了。」小樂雙手掌心對掌心的交疊在一起，看起來真心而隆重的說：「而且我真的喜歡咖啡。」

「那你喜歡喝甚麼咖啡。」

「我不喜歡喝咖啡。」小樂眼皮跳了一下，急促的補充說：「我是喜歡聞咖啡，我喜歡咖啡的香氣。」

韓老闆像是瞪著他，像弓箭手望著一隻在草叢中腳步猶豫的小鹿，過後緩緩的說：「聽起來你有說服我的提議？」

原本小樂以為是自己講話不帶修飾韓老闆也才懶得客套，但後來他才明白，韓老闆講話本身就很不客氣。

「我不會跟你開四萬這種要求，但說真的兩萬多我也做不下去，我的底線是三萬，對於工作共事對象我喜歡坦白，不玩拉鋸戰，如果你接受，合約期間內我都不會要求漲工資，甚麼三節獎金、額外福利都不用，踏踏實實的一個月我領三萬元就行。」

「兩萬八。」韓老闆說。

小樂的眉角抽蓄一下，他從來沒有覺得整數是一個多麼棒的存在，但此刻他願意傾盡所有爭取它。他不能答應，現在妥協他每個月都會痙攣的。

「你答應的話今天你就可以上班，我本來對你有點存疑，但你似乎的確很直接，我討厭麻煩，所以你這點個性很加分，平常你中午十二點到，我們一點營業到八點，你可以準時下班，我來收拾善後就行，工時一定正常。」

「我可以早九到晚九，但我要三萬。」以時間換取金錢空間，打仗哪有不吃虧，我願意，他想。

「沒得商量。」

從韓老闆篤定但逐漸不集中的神色，小樂可以知道這場業務談話還有六十秒左右的有效溝通時間。

「兩萬八聽你的，但我還是可以九點來，因為咖啡館實在太晚營業了，這不行，之後我再給你詳細調整建議。」小樂挺直了腰桿，輕輕微笑，「我現在要說的是，我從了你一項，你要妥協我另一項，如果在合約期間我能有效提升店裡營業額，以今天往前的一個月數字為基準，只要成功拉抬到兩倍，你就要給我抽乾股，你六成我四成，可以嗎。」

「我再退一步，我51%你49%，就這個數。」

小樂抽蓄，想韓老闆一定是發現自己對數字的心病了，而且這傢伙不知道是不相信小樂能辦到，還是他根本不在乎錢。但不管了，合約傍晚就簽上，一年為期，小樂慶幸還好他沒有給打一年三個月的可恨數字。

地理位置的關係，會來這裡的八成客人都是常客，有固定的習慣。比如穿著卡其色制服的建中學生，他每天六點半都會來買一杯大杯的咖啡，並且請小樂加特別多的糖，小樂也沒心沒肺的往死裡加，很多時候都像是故意在整人的糖分，但他一次也沒在隔天跟小樂抱怨說：「去你的，你想弄死我啊。」可見高中生活有多苦。

韓老闆很不喜歡小樂跟客人聊天，他說小樂以前是做公關還是男公關！用不著見人就聊天客套，太多餘，他們也未必樂意。

小樂回嘴：「以前那個建中學生有天天來嗎，沒有吧，那是因為他覺得咖啡太苦，但不喝黑咖啡他又會睡著，他說他請你幫他加過糖，但你說最多一顆方糖不然會壞了味道，我說你有甚麼問題，還干涉客人的喜好。」

「我們是專業咖啡館，又不是賣三合一即溶，那麼甜幹甚麼。」

「客人的需求才是硬道理，他就是要你邊跳火圈邊泡咖啡你也得做。」小樂看到他緊繃的臉色，知道他快要毆打自己了，於是鎮靜地說：「我這個比喻是有點過火了。」同時迅速和他拉開距離。

好在客人進門，拯救了生命受到威脅的小樂。

小樂遞上菜單，來的人是一個打扮入時的年輕女性，眉目爽朗。小樂成功推薦她點了下午茶套餐，手沖咖啡加杏仁餅乾。餅乾是他去麵包店買的，一份八十塊包裝的份量可以分成三盤，一盤就賣八十，他認為這頂多就是微暴利，主要成就在省事。

「你們這邊下午人會不會很多。」她問。

「現在是離峰時間，空間滿清靜的，妳是要跟客戶碰面嗎？這裡是很好的地點喔，有格調又不會太嚴肅。」小樂不喜歡房仲那類業務盤據店面空間，他認為那會讓高端客群卻步，賺錢歸賺錢，他還是挺挑客人的，而眼前的女子倒像是要談化妝品合約的時髦女性。

「不是見客戶，只是朋友。」

小樂見她臉上的神情別有桃紅，玩笑的說：「男朋友約會的話也可以喔。」

「換做是過去，我也希望是和男朋友來。」說話的女生名字叫汪欣嵐，她的這杯咖啡是要跟一個共度十三年光陰的老朋友喝的。

她和小樂聊天時，問道：「你相信結婚的那個人，絕對不會是你最愛的那個嗎？」

「不信。」小樂手肘撐在吧台，「不愛幹嘛結婚，就等到有愛的那個人在結婚不就好了。」

廣播放送著劉若英的〈成全〉，他們共同在副歌時停了下聲音。

我對你付出的青春這麼多年，換來了一句謝謝妳的成全。

成全了你的瀟灑與冒險，成全了我的碧海藍天。

「這是我最喜歡的歌！真的是，這樣聽到我眼淚都要掉下來。」她故意玩笑道。

她淺淺的說起自己和朋友的故事。小樂對於八卦花邊只有來者不拒，十分專注。

小樂叩了桌子說：「妳為了他耽誤了十三年，結果他就給你一句『謝謝妳的陪伴』，怪不得妳喜歡這首歌，妳把妳自己感動了吧，妳是不是傻啊。」

她說：「你沒談過甚麼刻骨的戀愛吧。」

「戀愛談過，刻骨沒有，因為不信，比如人人都說青春時候的戀情特別珍貴，因為無邪，但真的嗎？還不是賀爾蒙作用，如果十七歲的年紀我是一個大胖子，滿臉油光，天天領著不及格的考卷，請問我去哪找一份天真可愛的戀情？」

「你現在看起來很好，也算是一個年輕帥哥，怎麼說起話來這麼厭世。」

「在工作的人不適合有太夢幻的思想。」小樂拿起遙控器把冷氣溫度調低，他偷偷瞄了韓老闆一眼，因為韓老闆不讓他把溫度調太冷，說這樣咖啡容易涼得快。小樂回過神說：「不過妳說起他的時候總在笑，妳大概對他……沒有一點怨吧。」

「可能你說得有道理，我是傻，我還幫他追過女孩子。」她皺眉，眼光飄向天花板，數了數說：「費心費力的有五個，而且都成功喔，最可怕的是大三那年他還發生一件特別滑稽的事，也都是我處理的。」

「不是他要分手還請妳代勞吧。」

「他把系上一個女同學肚子搞大了，那女生哭著問他要怎麼辦，然後他哭著問我要怎麼辦。」她的態度像是一個蒼老而睿智的述說者，十分平靜，分外從容。

小樂冷冷的呵了一聲。震驚！震驚這兩字已經不能形容小樂此刻的心情。直說：「妳怎麼沒拿一把刀插在他腦門，他把女朋友肚子搞大，要結婚要生還是要休學墮胎他自己決定啊，甘妳甚麼事。」

她晃晃手指頭，「錯了，那不是他的女朋友，不過只是一個同學，在成果發表排練的時候走得很近，接著在某個熬夜練習的夜晚兩個人看對眼了，天雷勾動地火。」她用手做了一個爆炸的動作。

「他劈腿！這畜生。」

「那時候我很生氣。」

「我聽到都想報警了。」

「我是想無論是正牌女友還是小三，竟然都不是我。」她笑，但小樂相信有那麼一絲成分，是真心的，是恨自己不是那個人，無論是小三還是正宮。

「既然愛到這個地步，為什麼不多一些，告訴他妳愛他，然後有情人終成眷屬。」

「有些事的確有可預期的步驟，但那未必是最好的方法，如果是因為我愛他而跟他要求，他才走向我，那我就會變成他所有死亡戀情裡的其中一個，男人是不會珍惜唾手可得的感情的，男人，就是賤！」欣嵐總用調侃的語氣說著很真的感情，這樣的人要不是早已看開，就是還深陷其中，只好佯裝看淡。

小樂聽了汗顏，但反而高興她有這個領悟，「這些年妳也談過戀愛吧，哪怕是等他途中的消磨，難道就沒人讓妳覺得不必吊死在一棵樹上，乾脆換人去愛嗎？」

「試過，這麼多年我談過三次戀愛，一個還是他的好朋友，大學時他的兄弟追了我四年，然後在大四的寒假，我還印象很深是過年的前一天，那天天氣很好，陽光很反常。洛謙說父母都不在家，無聊、孤單寂寞覺得冷，裝可憐，要我和他兄弟陪他吃個飯，結果我們到了，但不久一個學妹來電話，不過幾句撒嬌就把他拐走了。」

「他會不會是幫他兄弟湊合妳呀。」

「他要有這種想頭倒好，我也坦然，結果他知道我和他朋友在一起後，還跟我們鬧了好久彆扭，我就想奇怪了，你又不追我，跟我不愉快甚麼。」而到了畢業前，欣嵐提了分手，小樂問說是不是她沒有愛，於是好聚好散。

「不會沒有喜歡，但不到愛，當初會再一起，就是大除夕那天他送我回家，他說追了我四年，『妳不給我一個機會，哪怕是在一起三天就把我甩了，我都甘願。』，我那時候特別不理解他要個結果的心情，但我想快四年了啊，一千個日子，我不是沒有感動，於是我答應了。」

小樂相信那個男孩肯定是付出全心全力的，不為別的，爭取了四年，就是要撂開手，都為自己不值。

「畢業前夕，我清楚我們到社會上會遇見很多新的人，眼光會更遠，而且明白我心裡還是更在乎洛謙，更堅定認為總有一天我會和洛謙走上紅毯，於是我不想耽誤他，我給過他成全，所以我認為放走他才是真正的為他好。」

那時欣嵐說：「我成全了你，可以了，我們戀愛過，你也快樂過。」

大男孩特別釋懷，只說：「我就不懂洛謙怎麼不愛妳。」欣嵐永遠記得當時她聽見這句話的詫異，原來他清楚，清楚她心裡有別的人。大男孩說他相信有一天欣嵐會和洛謙走到一起，所以他不想失去兩個朋友。

「我們到現在還是朋友喔，想來當初的分開，實在明智。」

小樂自動為欣嵐補了一盤杏仁餅乾。他覺得這個楊洛謙身邊的人都活得好坦然，對感情都很真實，就他自己特別逃避，好討人厭。他也對欣嵐這樣說。

「可能因為你只聽我說這十三年的結論吧，其實他很有魅力，家境也好，父親在醫院當院長，沒辦法，爸爸太優秀，兒子不是超越，就是頹喪的活著，而且他雖然長得不是頂帥，但很高，對於我們這些不是顏控的女孩子來說，林書豪也是一百分的天菜啊。」

小樂忍住吐槽的慾望，他開始覺得這是一個願打一個願挨，總結就是兩個小白癡。真是問世界情為何物，直叫人智商全無。

「那妳這回失戀跟那位洛謙兄說了沒有。」

她縮脖子，眼神直露納悶，「我是要跟洛謙交代我的感情，不過我沒失戀。」她抬起手指，「我要結婚了。」

「妳要訂婚了才通知他！」夠絕！一次轉身，就是一輩子的無緣，小樂還以為這樣糾纏多年，怎麼樣都還會繼續鬧騰下去。

「不，我是要結婚了，再過三個小時，我就要到戶政事務所登記了。」

小樂好難說出恭喜，可是呀，要結婚的人，帶上鑽戒的人，怎麼能不說恭喜，而且她是抛下了一個爛人，但小樂的潛意識竟然在這一秒出賣他，他評斷那個叫洛謙的男人很糟，卻還是希望他們最後能有結果。他只得尷尬一笑：「雖然都說結婚時女孩要戴上鑽戒，但現實中可不是人人都能買得起，妳嫁得好，真恭喜妳！」卻又忍不住追問：「為什麼這麼長時間沒放棄他，在這時候偏偏想通。」

「我沒說完那時候他把人家肚子搞大，我是怎麼解決的，他約了那個女孩出來，在學校對面的麥當勞。」說到這她搖頭，頗有一副這孩子真傻真可愛的意味，「那個女孩揹著一個帆布包包，眼神特別憤怒，他一看就想跑，我對那個女孩子說我是他姊姊。」

欣嵐扯住洛謙的手，面無表情，細細的問：「在我們開始所有的對話前，我想問妳，妳有沒有想把孩子生下來，妳的父母是否可以接受現在就結婚，以及妳有試想過周遭的朋友會怎麼看待妳未婚生子或者奉子成婚這件事嗎，妳都可以承受？」

女孩一聽她這樣說，立刻淚流滿面，哪還有主意，只剩徬徨。

「妳這是問她想法，更是讓她肯定只有拿掉小孩才是對的。」

「我有私心，但是我沒錯，當初只有如此，這兩個太年輕的人才能有重新開始的機會，否則今天洛謙就是一個小孩都上了國小的父親。」她的咖啡早已涼透，卻不在意的喝著。

「我帶她到醫院，看著她進行了手術，在醫院休養了四天，都是我從早到晚的陪著。」

那女孩說：「妳不是他的姊姊吧。」

「怎麼不是，我對他不好嗎。」

「就是剛剛他們叫妳汪小姐，而楊洛謙怎麼會有個姓汪的姊姊。」

「我喜歡他。」欣嵐淡然的用這句話解釋前因後果。

「我看的出來。」

「妳會恨我嗎？覺得我是在清除障礙。」

女孩臉色蒼白，毫無血氣，聲音疲乏的說：「我是蠢，蠢到跟人亂來還弄大肚子，可是並沒到是非不分的程度，妳可以不在這裡的，說實話哪怕是他，就是在我推出手術室的那瞬間也早就可以兩清了，可是這幾天妳陪著我，他的人影我都沒見到。妳替他解決麻煩，還細心的好好善後，把人往壞裡想的說，妳是想做到滴水不漏，讓我毫無怨言，自然以後也沒藉口糾纏或怨懟他，但實情沒那麼複雜，不過是妳愛他，所以想把他的事辦好，僅此而已。」

「都說女人何苦為難女人，妳說番話聽得我聽又感謝又悲哀。」

「我沒找他的女朋友鬧，是因為我臉皮薄，擔心鬧到人盡皆知我無法做人。」

「妳是對的，女孩子名聲要緊，風流韻事都只會是重傷害。」

「我沒有可以報答妳的，但我能成全妳一件事，如果他女朋友知道了他和我的破事，我就不信還能待在他身邊，我想跟他走在一起大概是妳唯一的想望了吧。」

「妳的心意我收下了，但不要這麼做。」

「妳不必擔心我是開玩笑，不過是當一回潑婦，到她面前哭鬧一番，就在我最害怕連爸媽都不能求援的這幾天是妳陪著我，我如果有良知，就該謝謝妳。」

欣嵐淡然一笑，「妳如果去鬧，到時候洛謙又會哭著找我，問我該怎麼辦，妳說要是他想挽留女朋友，我是幫，還是不幫。」

她們兩個對看，哈哈大笑，一切盡在不言中。

這兩個人對洛謙都有朋友之外的情感，一個是深愛，一個是體內曾有他的孩子，但此刻的兩人都比誰還淡然的處理關於他的事。

病床上的女孩說：「妳這個『姊姊』太辛苦了，說真的，妳是個很優秀的女孩子，不要跟他在一起，他沒有那個擔當讓你幸福，說得難聽些，他不是個有出息的男人。」

忠告啊！都說人之將死，其言也善，而一個女人經歷過拿掉孩子這樣近乎在鬼門關盪過一圈的體悟後，大概也能有幾句發自肺腑的心聲，可惜欣嵐沒聽進去，用了十三年也還沒明白。

「我要去一下洗手間，他就要來了。」

欣嵐補好妝，回到位置的時候，小樂細細凝望她，不由得衷心地說：「妳看起很美。」

她微笑，雙眼像是彎月，明媚動人。

對感情執著，遇事卻冷靜智慧，怎麼好女人，偏偏撞上了不夠好的男人。

「這一回又八卦了客人甚麼事。」韓老闆懶得再讓小樂遠離客人，這就像誰都無法阻止泰勒絲交男朋友、柯南不斷害死人一樣。

「我不懂怎麼會有人對這樣的女人毫不動心呢。」小樂對韓老闆說道。眼前的欣嵐穿著一件絲質白襯衫，緊身牛仔褲，七分長度，露出白皙的腳踝，黑色細高跟鞋。一頭光澤的長髮，大方自然。

韓老闆不以為意的說：「你是不是外貌協會。」

「誰不是外貌協會。」

「那你是不是覺得咖啡有拉花就會特別好喝。」

「並沒有，我討厭奶泡這件事，就跟好看繽紛的杯子蛋糕通常都不好吃同個道理。」

「那就對了，女人，不是皮相美就能處得好，有時候外人看著樣樣都好，但就只一個小缺點，便足以讓人敬而遠之。」

小樂斜眼睨著韓老闆，「老闆，你愛過嗎！說得跟真的似的，唐橫呀你。」

韓老闆全然忽略小樂，走去洗手槽沖洗一個小樂早已處理過的馬克子。漠然地說：「愛過，結婚過，還有一個女兒。」

「甚麼！」雖然是幾步的距離，但小樂還是盡力用衝的，用看珍禽異獸的姿態盯著韓老闆的側臉，「你說真的還假的。」

「你猜啊。」

這時一個男人推門而入，他帶著一副時髦的海軍藍太陽眼鏡，有質感而不流俗的設計，鼻樑處有個金屬V字。他摘下眼鏡掛在白色的T恤上，T恤外是一件黑色西裝外套。模樣自信，是個活潑氣質很重的人。

他打開大大的笑臉，在欣嵐對面坐下。

呀！這人就是洛謙。小樂心中打量。

小樂拿著菜單走過去，洛謙對他微笑。

「給他摩卡就好，他這人吃不了苦。」

小樂忍不住笑了出來，洛謙也笑，「妳損我！」

「你說呢，不喜歡換一個啊。」欣嵐話說完給小樂一個眼神，小樂重新把菜單遞給洛謙，但他用掌心推了一下，認份說：「別別，妳說的對，我吃不了苦。」

氣氛很和樂，一派自然，直到洛謙這麼問：「妳最近忙甚麼，好常給妳傳訊息都到晚上才肯回我，我還以為妳偷交男朋友了。」

「是啊，我是交男朋友了，而且這陣子工作忙，想要兩邊兼顧，自然放鬆的時間就少了。」

他急促放下杯子敲出了聲響。「妳逗我？真的交男朋友，不可能吧。」

「我是條件很糟還是人格扭曲，怎麼就不可能交男朋友。」

「我不是這個意思，只是好好的妳交甚麼男朋友。」

欣嵐貌似覺得荒唐一笑，「楊洛謙同學，我三十一歲，已經是大家所謂拉警報的年紀了，縱然外表能騙人，裝個二十六七，可是裡子騙不了人啊，身分證上的數字連在病歷上都一清二楚，我要過日子啊。」

「不是！」洛謙據理力爭，「妳不談戀愛怎麼就不能過日子了。」

「你有單身過嗎？」

「這有甚麼關係。」

「單身可以過日子，你幹嘛老是談戀愛。」

兩相靜默，有著颳風颳過都吹不走的尷尬，說是尷尬，更多的是嘆息與不敢相信。

欣嵐柔柔的說：「那個男人很好，我們是以結婚為目的認識的。」

他臉紅脖子粗的說：「我告訴妳，男人都沒正經的，沒有簽字之前跟妳說多誠懇都是假的，妳看我不就知道嗎？」

「還好他不是你。」欣嵐認真說，但笑了一聲，「我們老闆介紹的，我在他身邊工作七年了，他不至於坑自己員工的幸福吧。」

「那就是你們老闆看走眼了，他說那男的有結婚的誠心，但妳怎麼知道戀愛談一談真的會——」

她舉起手，手背向他。那枚鑽戒切工精巧，大小討喜，成色和淨度也在中上之列。所謂幸福或許不是這樣，但幸福之前的門檻，大概就是這個模樣。「我要結婚了，洛謙，我要結婚啦，我要你的祝福。」

他張著嘴，完全沒有修飾表情，沒有一點客套，沒有一點開心，盡是不該如此，為何如此的神色。

「都要結婚了？我最後才得到消息。」

「你需要時間準備嗎？」她玩笑似的嘲諷。

他恨恨地說，加重的音量像是抗議，「怎麼不需要。」

「我給過你時間準備，給過你時間給我意見。」

「妳甚麼時候讓我這麼做了。」

「十三年啊！十三年的時間，洛謙，你對我永遠不知好歹，我對你永遠死心踏地，因為你知道即便你給我愛理不理，我都會還你熱淚盈眶。」

「妳這樣說就過分了。」

「作為朋友我沒有一點虧欠你，我回頭想我們之間這些年的事，我覺得好累，甚至委屈，我總是在照顧你，我不像你的朋友而像你媽，還做得比你媽多，我敢說這句話是因為很多你不能跟家裡反映的事你都跟我說，都是我拉著你一件一件解決的。」欣嵐紅著眼，也許這樣的吐實來得太晚，不是要討個公道說法，而是要讓自己的青春死得明明白白。

「你還記得剛出社會工作的那會兒，你買了一條五千塊的項鍊，說是女朋友生日，砸重本了，結果慶祝那天你們吵架，大半夜的你打電話給我，說夠朋友的話就陪你聊天，你這個人不會喝酒，可我們就在酒吧坐了好幾個小時，話你在說，酒我在喝。」欣嵐摸了自己脖子，那有一個銀色心型項鍊，模樣很簡單，甚至有些可愛的俗氣。「後來你問我項鍊呢，我跟你說那晚你生氣扔了，我騙了你，我想大半夜的我聽你說了那麼多愛與不愛的廢話，我總得撈點好處吧。」她刻意用玩笑語氣，卻眼角含淚。

洛謙臉龐僵硬，像是極努力才能擠出聲音，鬆口說：「妳愛那個人嗎？」

「見過五次面，你告訴我有多愛。」欣嵐一滴眼淚落在唇邊的笑容。

「只見過五次妳也敢嫁。」

「大S只見她老公四面，不也就嫁了。一個見過大風大浪的女明星都有這勇氣，不怕糊塗，我一個小老百姓，有甚麼不敢。」

「那他愛妳嗎？」

「你覺得我在乎嗎？」欣嵐輕輕揩去淚水，吐氣說：「他在台北有兩間房子，平常都在大陸工作，最近因為要結婚了給我送了台車，但我可不傻，確定名字是寫我的。」在這一連串的說明後，彷彿要他相信自己所選沒錯，便接續說：「他還有一個小孩。」

「小孩！」如果這裡還有其他客人，鐵定以為這男的是碰見女朋友忽然閃嫁小王，又或者老婆明目張膽的外遇。洛謙根本不能接受這些訊息。

「又不是我的，是他前妻的。不過他前妻擁有扶養權，別說我不想養，就是我和他都想，他前妻也不肯，所以對我來說很好啊，我既沒有生兒子的壓力，又沒有當人小媽的負擔，在合適的年紀嫁做人婦，不愁吃穿，對父母有交代，人生也差不多沒有其他想頭，我覺得很幸運。」

「妳甚麼時候活得這麼不自信了。」

「我憑甚麼活得理直氣壯？我所堅信的感情觀一蹋糊塗，我還有自信的資本嗎？我拿甚麼說服自己？」欣嵐前傾身子，像要說一件有趣的事，「你知道我媽對我說話有多難聽嗎？她說：『欣嵐，妳都三十一啦，再拖下去都絕育啦！』我差點沒氣到中風。」

小樂忍不住低頭竊笑，怎麼作媽的對自己女兒這麼不留情啊，胡說八道，三十多歲的女性多的是快樂成功的。

「妳這就是不自信。」

「累了跟不自信是兩回事，我如果不自信我不會嫁給一個這樣條件的男人，他有錢有精力又還沒老，肯定花心，所以未來我也肯定要面對一些自不量力的女人，但我有自信擺平啊，我知道那些將來的小吵小鬧不會破壞我婚姻合約的那張紙，你不是女人，你不知道要有這層心理準備需要有多少的自信和勇氣。」

「妳讀那麼多書，還急著嫁？妳怎麼不十八歲嫁人生孩子呢，都甚麼時代了，男女平等都過時了，現在多講究女權，妳真丟我的臉。」

「女人的人生不是電視節目的議題，甚麼進步甚麼新思想，到頭來哪個女人會拿自己的幸福去講求人類文明的進步。」欣嵐微笑，真心的，「這麼多年了，你就特別愛跟我說廢話。」

「欣嵐，妳不要跟我賭氣。」

「這些年我不管你是真糊塗還是假不明白，到了現在都不重要了，我今天見你，要的只是我自己青春裡的成全，我不想很多年以後始終在想我們兩個究竟算甚麼，我知道你是沒辦法好好定義的，所以我把話說清楚。」

「妳一直都是我很重要的朋友，最重要的，如果是我哪裡惹到妳，妳大可跟我明說，我在妳心中不是那種斤斤計較的傢伙吧。」

「你最可厭的就是老逃避問題，哪裡惹到我？你太看得起你了，你逃避和別人的問題沒關係，有我幫你解決，但你逃避我們之間的問題，你想怎麼樣，請誰來解決，媽祖嗎？」她攪動吸管，瞪著他嘆氣，「你要是這麼多年肯對我說一句『我不喜歡』那也便罷了，終究是個交代，可你總說我很重要，不能失去我，當問候語在講，你甚麼意思啊！」

「妳了解我，我這個人有缺點，也很自私，跟我談戀愛的人都會在我身上吃苦，而我還沒想彌補她們，我傷害別人真的……真的不會有一點愧疚，可是如果是妳，我怎麼敢。」

「那我還謝謝你這麼多年的用心了，原來都是怕我受傷。」欣嵐搖頭，深深吸一口氣。

她握住他的手，「別把你嚇著了，我對你沒有怪罪。」
洛謙抽手，「妳的戒指割人。」
還是任性，小孩子脾氣。
欣嵐細細地說，「你也老大不小了，再晚，五六年內也得找個認真的人，準備走向家庭，妳媽的脾氣我是清楚的，把她逼急了，有你好受。」
沉默了好久，小欒能從洛謙的表情看出他們有多親密，他毫不掩飾自己的情緒，如果不是那麼親近，也不可能那麼赤裸裸的表達自己。
「我的婚禮在秋天。」
「幾月幾號。」
「我沒有邀請你，所以也沒必要說。」
「妳怕我鬧場？」
「你不會，因為你沒有可以做這件事的身分。」
「我們一定要從朋友變得這麼疏遠嗎。」
「是我的錯，十三年來我從來沒有一刻把你當朋友，我都懷抱著異樣的心情面對你，所以我終於看清，是我給你機會辜負，到頭來我的青春全部都是你，所以我的餘生，不想再如此了。」因為犯的錯夠多了，所以終於不再對自己說謊，欣嵐起身，想要說甚麼，但最終只有莞爾一笑，連再見兩個字都沒吐口，只剩揮別。
「欣嵐，妳不可以就這樣結婚。」他喊。

「我拜託你，這應該是我作為你最好朋友，最後聽你說的話，如果還有相見那時我也已是別人的老婆，所以如果你真有最後的話，拜託不要是廢話。」

洛謙站著，望著她的背影，「那次我和女朋友慶生吵架，我找妳出來，那晚我又沒喝酒，妳說我把項鍊扔了，我怎麼會不知道妳是唬弄我呢。」

「你是要告訴我，這麼多年來你知道我有對你心思，而你不過是無動於衷？」她低頭苦笑，那神韻特別美，讓人想起民初穿旗袍百媚一笑的女子，有對生活的滄桑，和花開到最濃最艷即將衰敗的墜落美感。「不怪你，你如果不愛我那當然就——」

「——不是。」

她一驚抬頭。

「也許是這麼多年，我習慣妳總會在我身邊，我清楚妳永遠對我好，所以老是裝糊塗。」

「你應該說太混帳。」

「對，妳說的對，可是欣嵐，我真的很明白，現在我太明白了，我想我愛——」

「可以了。」她的笑容很坦然，「總算，我還以為我早就釋懷，把那些非要說出來才作數的字眼都看淡了，但沒想到都這個年紀啦，還是有少女情懷總是詩的幼稚。」最後的話別，只有對他的叮囑，「洛謙，我已經長大很久了，而你，也應該長大了。」

她推門離開的那一秒，洛謙清清楚楚喊出了「我愛妳」。

他永遠不會知道玻璃門闔上，有沒有擋住這聲遲了十三年的告白，但小樂知道她聽見了，因為她微微側頭，眼睛在笑。她看向小樂的一瞥，彷彿在說我要的就是一個好好的結束。好好的結束，才能甘願的走向人生下一個階段。好好的結束，對於過去的委屈才有成全的交代。

「不好意思，這邊結帳。」

「兩百六加一成。」小樂重重的收拾杯盤，沒有克制對洛謙的鄙視。

韓老闆對小樂問：「你不是和那個女客人打賭，說如果這男的後悔了，這桌咖啡就算你的嗎？」

「我不是小家子氣心疼兩三百塊，而是厭惡這渣男，一個女人的十三年，最美的青春都給他了，你說不虧嗎？現在倒好，這男人一句其實我都知道妳愛我，怪我太年輕，去他的太年輕，年輕怎麼不早夭呢，耽誤人家，終於要失去了才一副再給我一次機會的嘴臉，真噁心人。」

「我說你不客觀，還跟我說客人就是上帝，他又不是辜負你的青春，你對人態度那麼差幹嘛，你以前不是搞公關的嗎？」

「搞公關的不代表我不能鄙視爛人，你泡咖啡跟你朝我扔咖啡豆也不衝突啊。」小樂看著啼笑皆非的韓老闆。今天他穿墨綠色亞麻襯衫，留著一點修飾過的鬍子，像是那些到了四十歲的香港型男，更多頹廢，更多雲淡風輕的氣質。小樂也覺得韓老闆更黑一些。

洗過熱水澡的夜裡，小樂身上還沾著潮濕的水氣，他泡了一杯咖啡，鼻尖是沐浴過後的薄荷香氣和咖啡甜膩的混合氣味。他靠著碩大鬆軟的枕頭，打開手機在youtube搜尋了一首歌，播放。

劉若英談心般地唱著：

不為了勉強可笑的尊嚴，所有的悲傷丟在分手那天。
未必永遠才算愛得完全，一個人的成全，好過三個人的糾結。
……
她許你的海誓山盟蜜語甜言，我只有一句，不後悔的成全
成全了你的今天與明天，成全了我的下個夏天。

也許，很大的也許，我願意相信
結婚的那個人絕對不會是你最
愛的那個。
我想起來，還有那麼一支歌：
很愛很愛你，所以願意，捨得讓你
往更多幸福的地方飛去。
很愛很愛你，只有讓你，擁有愛情，
我才安心。

因為安心，所以即使結婚的不是
最愛的那個，也才沒關係吧。

2/7 樂

第2杯美式咖啡

「對不起，我想他去死。」「應該的。」

「你會寫書法？」小樂驚奇的對韓老闆說。

韓老闆默不作聲，靜靜地把無立足境的「境」字寫好。

小樂依舊站在桌邊，自顧自地說：「你不覺得我脾氣很好嗎？你都對我摔杯子了，我還可以聽完幾首歌後自己整理好心情，回來跟你談笑風聲。」

今天小樂提早到班，趁韓老闆不在時把五塊米黃色亞麻布桌巾鋪在通透黑面的咖啡桌上，又掛了兩張從北歐家具店買來的黑白色調照片，過於沉默的空間語言頓時多了幾分活人生氣與時髦腔調。結果韓老闆一來，立刻動手全揭了，兩個人爭論不休。

韓老闆對他說：「你如果沒有這點功夫，也就不適合在我咖啡館做事。」

小樂心中吐槽，怎麼有人可以不要臉的這麼有禪意，氣死。但他嘴上說：「字寫得不錯。」

「喜歡啊，給你。」

「不要耶。」他太過直覺的回嘴，端起塑膠般虛假的笑容說：「字是很珍貴的，應該被珍藏，我比較適合跟數字帳簿待在一起，你還是別把你的真跡給我玷汙了。」

韓老闆看小樂一臉活力，眼神半是不解半是嘲弄的說：「你每天那麼精神抖擻，是在開心甚麼？追求甚麼？」韓老闆的話從咖啡豆的香氣中跳出來。這人真奇怪，員工情緒太好還惹到他了。

「精神好是因為我還活著，我開心是因為我樂於這份工作，我開心的追求我的小事業，那就像人在社會的立足點，每個人都是，沒有可以依仗的資本就活得不安心，因為柴米油鹽吃飯甚至於到開藥單都是錢，有道理吧。」

小樂發覺過於現實的言論總能讓韓老闆感到不悅，於是他便逮空就言語刺激他，調劑身心。

「何必呢，就算你不特意尋找，自然的過每一天，雖無立足境，但卻也無欲則剛，生活乾淨簡單有甚麼不好。」

「人各有志。」小樂對他投以一個懶再多言的神情，實則卻暗暗詫異。韓老闆性格暴躁，可以因為他桌子沒擦乾淨而指著他額頭大罵，但追根究柢，他卻是一個明明白白人，就如同當日他初來，韓老闆並不在意生意的好與壞，全然一副過得下去便可。當時小樂猜想他是不以這個為飯票，但透過今天一席話，他反而篤定認為他是真的在過日子的人，純粹感受每一天，因為今天的快樂而開心，因為今天的不開心而憤怒，活在當下，別無其他。

也許是韓老闆的年紀讓他在面對「夢想」與「未來」這些字眼時，因有足夠經歷的積累，讓他願意淡然。小樂不會說這樣的人生態度是他要的，但卻不妨礙他對韓老闆思想的欣賞。

小樂的追求立足和韓老闆的自然立足，就好像一個是想「身是菩提樹，心如明鏡台，時時勤拂拭，莫使有塵埃。」而韓老闆已經不刻意斧鑿的活著，不過是處在「菩提本非樹，明鏡亦非台，本來無一物，何處染塵埃？」的世界中。

小樂捧著冊子坐在吧台沉思，一支原子筆放在嘴唇上玩著。

那本冊子充滿故事。

咖啡館裡有間小倉庫，走進去開了燈能看見低低滾動的塵埃，小樂在矮架上找到一本冊子，書頁有被時光摩娑折舊的痕跡，冊子的封面貼著一塊像是白色厚膠帶的紙，上頭用流利的簽字筆寫著「凰城霧語」四個字。小樂不能辨認它的確切來歷，裡頭有印刷的文字，卻有更多不同模樣的筆跡，最早可追溯的時間點是四零年代，後面的墨水筆法變了幾番，大概是流轉到了不同的人身上。裡面記錄了這座台北城裡人發生的故事，風流的人與情、或香艷或暖心或遺憾的浮生百態，一篇篇光怪陸離的千言萬語是細碎而精緻的錦緞，不為人知的八卦逸事更是讓小樂讀得喜孜孜又浮想連翩！

他閒來無事就捧著這本冊子噠噠噠地穿越這座城市的曾經，而裡頭說著台北之所以被稱為凰城，是因為台北城曾經有一隻鳳凰盤踞止息……

小樂還陷在自我思考和對韓老闆的評判時，韓老闆打了他手臂，「你要發呆到甚麼時候，客人來了。」

韓老闆的眼睛是他最有情緒性的五官，也是最嚇人的地方，凝視的眼神跟刀片剮人一樣。

最近兩週才頻繁出現的一位男子，看上去四十出頭，西裝襯衫套裝，上班時間能出來走動，這年紀也不該是基層業務，所以小樂想大抵是公司的中高階層主管。他總皺眉頭，大多時候點黑咖啡。常常一張手放在桌上，以滿腹心事的姿態放空。

一次小樂端上咖啡的時候，問候說：「最近常來，我們店的咖啡不錯喝吧。」

他一時沒發覺，過了兩秒才回神理解小樂的話，本能的點點頭。他不嚴肅，很快的接下小樂的話，順暢延續地聊，肯定也是客戶見慣的自然熟類型。小樂喜歡好相處的人，那些高冷的人說穿了都是不太在意別人感受，甚麼我天生就不太應酬不會擺笑臉，你在國家元首或全球首富面前高冷看看，都不知道你能火熱成甚麼樣子。

「你看起來很年輕，台北人嗎？」

小樂應聲說是。

他若有所思的笑，「住家裡吧？住家裡方便，跟家人關係也好。」

「不是，我自己租了一個套房，父母做貿易進口，平常就是一家人都在台北也未必能碰面。」小樂吐了一口氣，家庭是一個很溫暖的話題，他放鬆語調的說：「我覺得和家人保持一種若即若離的關係挺好的，怎麼說呢，膩得近了，容易有無謂的口角，隔得太遠，又會忍不住想念，進退有度，方能長久。」小樂說完笑出來。

他像在品味小樂的話，片刻哼哼的笑起來。

「不忙的話可以坐一下。」他說。

小樂瞥了一眼韓老闆，他的眼神像是在抗議他侵犯客人的愜意，但小樂知道如果自己坐下來肯定可以聽到有意思的東西。過去出於工作需求，他常常需要聽客戶的品牌故事，有些很有靈魂，有些則像是三流的網路段子，而無論是哪種他都要消化後把它變成廣告或軟文裡能打動人心、激發觀眾注目的焦點，所以聽故事變成了他一種習慣，也是一種喜好。

特別是人總喜歡跟陌生人吐實，很諷刺，但也很有趣。

可能是因為韓老闆的反對，讓小樂更喜歡跟客人聊天了。他覺得自己青春期的叛逆從遇到韓老闆那刻才開始顯現。

這個眉頭深鎖的男人叫爾生，身分位階如小樂揣測，是保險公司的區經理，最近剛升職。看見他小樂想到一個詞彙叫經濟適用男，就是指相貌與身材一般正常，性格與癖好一般正常，經濟能力也能在大都市過上一般正常的日子。爾生年屆四十，說實話這樣挑不出錯處的單身男子在大多數待嫁女性眼中已經是非常可以的選項了。

小樂玩笑的說像他這樣的人，又還帶有一些恭儉的溫良感，不應該孤身在咖啡館打磨時光。

「換做我二十出頭的年紀，溫良恭儉這幾個字是絕對不會放到我身上，我那時在當混混呢。」

小樂睜大眼睛，露出一個戲劇力十足的好奇表情。

「我不是台北人，算是逃家，所以一到了這裡我天天混，被定義成壞小孩壞學生的事都做了一遍，學會抽菸，在手臂和小腿的地方刺了青，哪裡有免費的酒喝就去湊熱鬧。」他舉起咖啡杯喝了一口，抿著嘴說：「那時候真的覺得好痛快，想笑就笑，想叫就叫。你，有過這種放蕩的日子嗎？」

「截至今日還沒有，但是不知道未來——」

「——也千萬不要有！我會走回正軌，回到正常的生活，是朋友的不幸促成的。

「當時我有一個很好的兄弟，他忽然消失在我們身邊，我去找他，才發現是他媽媽生病了，人躺進醫院了，那時候我還調侃他說：『是不是要從良啊！』他告訴我他媽媽對他說：『是我的錯，我沒讓你過上好的日子，是媽媽對不起你。』他聽了只有大哭，他從小叛逆，沒做過一件能讓媽媽驕傲的事，但他母親從未放棄過他，那真的是最深最深的愛，他那時候才第一次感覺到自己要失去母親了，他母親擔心的說：『你一個人怎麼辦啊，媽媽走了誰擔心你啊。』，對他的牽掛到了她嚥下最後一口氣為止都沒有停止過。」

小樂屏息聽著他的話，心頭微微一澀，像溫熱的檸檬汁液浸滿胸懷。

「他母親沒有告別式，不過很簡單的安放在一個甕裡，然後變成牆上其中一張照片。大概就是這樣的突如其來，他對我說他不可以放蕩全部的人生，因為他母親那麼愛他，到了最後，他才很想弄死自己，因為連讓他媽媽為他放心這麼簡單的事他都做不到。他徹底離開台北這些荒唐的人事，回到了台南，我很佩服他的毅然決然，因為他甚麼都沒有，沒有家人，沒有朋友，沒有錢，沒有過去甚至好像也沒有未來。」

「他現在發展的怎麼樣！」小樂尷尬而生硬的追問。

「他離開的幾個月後我跟他通過電話，他在超商和機車行打工，也找了一間夜校，生活很規律，整個人也質樸很多，他以前超會喬事，就是很流氣的那種好事咖。」

「那最近呢，你剛剛說的也是好多年的事了吧。他成家了？」

他笑笑，「最後那次通話，我可以感覺到他不想聯絡，他離開台北就是想斷絕我們這一幫朋友、這個環境，我自然也不例外，我是尊重他的，而且他母親最後的日子我看著，所以我也希望能幫他，如果我能給他一個重新開始的條件，那我一定成全，所以我同樣沒跟那些朋友說他的下落。」爾生看向玻璃門外，馬路上陽光把柏油路照得滾燙而晃動。「這麼多年過去了，我想他一定很好。」

「後來我也離開了複雜的圈子，好好的把大學念完。」

「不過你比他幸運，他的悲劇讓你來得及逆轉。」

「我不知道，我不是說我是逃家的嘛，那是因為我的父親是個很爛的人。」

聽到他這麼直白的描述讓小樂忍不住笑出來。

「他很喜歡喝酒，他也不是沒去賺錢，只是喝完酒很愛發酒瘋，對我又打又罵，然後也愛去酒家，我常常覺得他好像沒人性，對我就算了，他對我媽是完全沒有一絲尊重的，吼出來的話我現在想到都還是感到不堪入耳，拳打腳踢，明明又不是說家裡窮到沒飯吃，就是愛酒，每喝必鬧事，每個晚上你都會很氣，清楚今天又要鬧了，好像有一個禽獸會定時搗亂的憤恨。」

「所以你就逃了。」

「能不逃嗎？我現在想到都還恨啊，很氣，覺得這樣的男人他根本不配作為一個父親，作為一個老公。」他揚起像刀片一樣涼薄的苦笑：「對不起，我想他去死。」

「應該的。」

小樂好像在看新聞播報的一節畫面，常常聽見家暴啊，幼子受虐啊，多到大眾都麻木了，就好像你知道這是不對的，可是也清楚每天都會發生，就如同非洲永遠有餓死的人家，可是好多人可以無感，那就像上帝設計的無力情節，殘酷的那麼堅定。

「其實最近你到店裡，我能感覺到你心情鬱悶，我以為是工作上有煩心或瓶頸，所以才出來喝杯咖啡，放空一下，但我現在覺得，你是忽然又回想到了家庭的那種情緒對吧。」

「這麼多年我一直都沒有回去，因為我就想等到我事業有點成績了，穩定了，可以給我媽每天好好吃飯，不需要擔心受怕的時候，我就二話不說把她接來，不留給我爸一點餘地，然後最近我的工作好像達到這樣的條件了，終於。」

小樂點頭，不斷點頭，每一個呼吸都是沉重的表示理解，背負著壓力的活著那該有多累。

「我很想我媽。」他說這句話的時候眼珠子閃動，「好多時候我都很怕她某一天身體不好，我父親又依舊禽獸，或者萬一她肚子餓了的時候沒錢吃飯，萬一她生病了倒在床上，沒有人帶她去看醫生……」

「可是你不想貿然，或者是你其實潛意識是抗拒回去的？」

「那麼多年我都撐過去了，我覺得我可能對……」他說不下去。小樂牙齒一咬，脫口說：「你對媽媽的心疼裡也有一點埋怨？你知道在當時她也無力，可是你仍期待如果那個時候能被保護。」小樂拿起他未動的水杯喝了一口，理解想這個故事是未完的，否則他哪來的糾結。

他默默地說：「在一個城市生活了再久，如果沒有家，都只是他鄉。」

「這麼多年，我不怕辛苦，我可以為了一張單子和客戶喝一星期的酒，每天吐，隔天紅著一雙眼睛去上班，我可以四十八個小時不闔眼，只為了修出一份能讓客戶甘願簽字的合作書。

「我每次拿起電話，不敢撥出家裡的電話，我甚至不知道自己家的電話換了沒有，我拿起來，總默默地說：『媽，這些年妳好嗎？我很好，我很好，妳再等我一下，我就去接妳了。』我好想親口讓她聽到這些，所以這麼多年我再苦我都撐得下去。」

「別時容易見時難。到了今天你不敢聯絡她對嗎？」

「在你聽來會不會很好笑，原來我是膽小的，因為逃避的太久了。」

「不會。」小樂蹙著眉頭說，「每個都會有那個很難去聯絡碰面的人，只是終須一見，既然如此對我來說那不如早點相見，對彼此都有交代。」

他微笑，嘆了長長一口氣，「說了這些我還輕鬆不少，果然有很多複雜的人情在年輕人眼中也沒那麼複雜。」

「你不會明天就不來了吧。」小樂緩和氣氛的笑說。

「為什麼不來，因為自揭短處嗎？」他站起來，從薄薄的黑色皮夾拿了兩張一百塊放在桌上，「其實我已經聯絡了家裡，我爸接的電話，但我不願意聽他的聲音。」

「他想見你！」小樂輕搖頭，這麼多年過去，他不知道那個男人爛到什麼地步，但那個很糟糕的父親也許變成了一個想念兒子的孤獨老者了。

「我不知道要不要見他？在哪見？見了說甚麼？真的像當初所想，把我媽接走從此視他為路人，活也好死也好都不再理會嗎？」

「這些東西只有見了面才能知道，你已經忘記自己有多恨，你只是在揣測你應該要有多恨。」

「你真的說的很對。」

小樂低頭晾起淺淺笑容。

「在這裡見吧，我有私心，原諒我作為一個旁觀者的好奇，但如果你沒有太多主意的話，跟你父親碰面吧，哪怕是錯誤的決定，也勝過你每個下午糾結的度過，何況一輩子太長了。」

那天收工，韓老闆抱著一箱Evian礦泉水走到他旁邊說，「小樂爺，你能不能別把這裡當成心理諮商，這是一間很簡單的咖啡館，客人來喝咖啡，杯子空了人就走，沒有那麼多牽扯。」

「做生意哪是一件簡單的事。」

「不要去關心客人在咖啡館以外的生活，怎麼就這麼簡單的事情你也做不到呢。」

「等這個季度結束你再來看吧，我們用數字說話，反正你放心，我做任何事情都是為了生意。」

「你就是一個多管閒事的小財迷，比我還要緊張業績，你最好有把握。」

他們倆的思想與言語不斷碰撞，價值觀扭打廝殺，但每段結局都不過是逗趣四竄的小火光，咖啡館沒有制服，所以小樂每天都隨心情打扮，但韓老闆通常穿著一件亞麻材質的深藍襯衫，偶爾換白色或墨綠。店裡就他們兩個人，如果小樂顏色太出挑或風格太時髦，那就好像把好萊塢偶像跟日式質感劇演員硬塞在同個畫框裡，觀眾會神經錯亂的，於是小樂儘量讓自己在白色與黑色之間來回，色系簡單大方，但設計別出心裁。不是他吃飽太閒，店員的外貌素質，也是給顧客觀感的一大重要影響啊。韓老闆好幾次中午看到他的第一眼就說：「你是來拍電視劇還是來上班的。」韓老闆高一百八，手臂的肌肉堅硬而飽滿，偶爾他面無表情地從小倉庫走出來時，小樂都有種他要行兇於己的錯覺，或是稱直覺。

「我打扮得精神我開心啊！工作和薪水是你給我的，但日子可不是，所以我喜歡讓自己愉快一點，認清生活的真相後依然熱愛生活這才是英雄。」這話百分之九十九是堵韓老闆，剩餘的一是不確定。今日菖蒲花，明朝楓樹老，總之把握今朝就是了。小樂厭煩這個麻煩的世界，有太多不想做卻又不得不做的事……而最後能得到的卻只有後悔，都是這樣的：在年輕的時候想偉大的夢想，在長大的時候想回不去的青春，在中午的時候想晚餐要吃甚麼，在半夜的時候想明天我要好好的向上奮發。

然後厭世。每個人都有不同奮發向上的曾經，末了卻都擁有同樣的厭世體會。

宛如梨花般清麗的女子出現在櫃台。小樂看見她視線會自動跳出「常客」的好感標籤，一位下午十二點五十分會準時出現的人物。Linda，任教於高中的老師，小樂想這年頭真是學生的幸福時代呀。通常她午休時間也剛巧就到一點，於是小樂總急急的跟韓老闆說一杯藍山咖啡。而韓老闆明明知道或者他應該就要知道每天這時間會有這張單，但他總不急不徐的看小樂，以一種世外高人的眼光，飽含著你不懂但我不計較的情緒……別說小樂腦海閃過幾種毀滅他的方法了。

有時候小樂會很抱歉的跟Linda說要不妳帶冰滴咖啡吧，那可是一天才滴出一杯的限量品，並且是韓老闆自己要喝的，但客人面前小樂才不在意他。別說他市儈，他只是想做一個替老闆掙錢的好員工。不過Linda總微笑搖頭，說：「沒關係，我等韓大哥。」

小樂只是笑。隨便，隨便，有消費就行。

Linda離開，星期五因為是工作日的尾巴，下午反而有一小陣子的空窗，小樂安詳地捧著冊子，思考消夜除了麥當勞歡樂送是否還有其他選擇的時候，爾生來了，距離上次他和小樂談話已經過了四天。他點了一杯黑咖啡，只說：「今天我跟爸媽碰面。」

一個穿著POLO衫的老人走進門，腳步很猶豫，眼光明顯在尋找。

韓老闆瞟了一眼，然後瞪著小樂，走近時說：「最好不要發生失去控制的事，不然我直接炒了你。」

小樂想回：「你不知道員工流動太快或者職缺的閒置也是生意上的一種支出成本嗎？」但他沒有說，因為他還想活下去。

小樂遞上了開水，並沒有主動徵詢爾生的父親要甚麼飲料，雖然店裡有低消，但他認為眼下應該忽略，事有輕重緩急，八卦先之，好戲先之，悲劇先之。

咖啡館不大，除非是刻意壓低音量，否則正常對話的內容都能被聽見，店裡就他們一組客人。韓老闆坐在門口一進來的收銀台，而小樂站在咖啡機前沒事找事。

「怎麼來的？」爾生說。

小樂以為爾生會緊繃著一張臉，甚至略有不悅的表情，但他沒有，只是像眼下是一場無聊的對談，懶於應付。

「坐計程車過來的。」

爾生把目光放在他父親身上，這個曾經用拳腳傷害他的人，曾經給他無數個恐懼夜晚的人，讓他迫不及待逃家的人，如今變得虛弱，就是一個禁不得一撞的老翁模樣，他該怎麼樣的心情呢？是高興，是早有預料，還是會為這給帶給他生命男人的年邁而心酸。

「怎麼只有你，媽呢？為什麼沒一起來。」

小樂的惶恐像是暗自漫延的黑色潮水，在爾生不在的日子，他們離婚了？她生病了？她虛弱到不能坐車來台北了嗎？

「她過去了。」她父親說。

小樂的心劇烈的晃了一下。

「你說甚麼？」

「今年過年前的事，我有想要聯絡你，但那時候她還沒走，你現在的聯絡方式是她離開後我去戶政事務所登記時才知道的。

「她很想要見你，可是我們都不知道怎麼聯絡你，我沒有辦法，我騙她說你在忙，很快就會回來了，醫生告訴我她只剩最後幾天的時候，她每天都撐著，醒來就問我你來沒有，可是我真的找不到你，我只能騙她，我說你在路上，你在路上。

「最後她真的不行了，她說她想跟你講電話，我說你在路上，要她再等一下下，我能怎麼辦，我只能跟她說『爾生很著急』，她問我你是不是在生氣，我說沒有，說你講過年要帶我們到北部玩，她問真的嗎，爾生聯絡我們了是不是，她心裡清楚的，我說你告訴我，過年後我們一家人一起到處走走，她聽完這句話，要我跟你講不要恨爸爸，不要恨她，說完這句沒多久，她就走了……」

小樂流下了一滴眼淚，根本聽不進去後面的話。他蹲在吧台後面，手掌握拳放在下巴，呼吸是灼熱的疼痛。所以說他厭惡世界，因為造化弄人，到頭來人類的命運不過是天神用來玩笑的悲慘戲劇罷了。

也許是五六分鐘，也許已經十幾分鐘過去了，小樂站起來時，整間店沉默無語。韓老闆盯著報紙，他習慣把報紙對折再對折，變成一個整齊的方塊閱讀。他朝小樂的方向看了一眼，像是感到無趣，扭過頭繼續盯著報紙。

小樂看見爾生父親黃黑的肌膚上有斑駁的淚水，這是那個在爾生記憶裡充滿罪惡的父親，他傷害了他們母子，可是最後陪伴在他母親身邊的，也是他。人的情與債根本算不清，誰虧欠誰，到了最後，其實只有遺不遺憾這回事。

爾生看著他父親，說不出話來。

最後他父親站了起來，說：「以前對不起，你要加油。」

當他父親用蒼老的眼神，和不再有力氣的語調說完這幾個字時，小樂很用力的深吸一口氣，眼淚像早有準備的潰堤，好像在一瞬間看完了一場濃縮的悲傷電影，而爾生也像是負荷不了此刻的聽聞，茫然無措。

多少年的恨，讓一個孩子離開家裡，他在外面成長，受傷、茁壯、獨立，再累的時候他都不敢也不肯回家，結果當他終於有足夠的資本，可以面對過去的這筆爛帳時疼愛他的媽媽卻走了。最後一面，連手都握不到。

人生至悲，不過是樹欲靜而風不止……

顛沛流離恨了二十多年的父親，用衰敗的餘生做了道歉，只說：「對不起，你要加油。」

小樂靜默無語，連臉上表情都不知該如何是好。爾生的父親推開玻璃門，腳步緩慢的離開這家咖啡館。小樂想這不是爾生的解脫，而是爾生父親的，這杯咖啡是成全他的愧疚，空無一人的家庭讓他了解自己的罪，這次的聯繫，是他要了卻自己的牽掛。

晚上小樂沖了一杯咖啡，沉靜的香氣瀰漫在他的小套房。他會到咖啡館的其中一個原因就是因為他喜歡咖啡的香氣，他不愛喝，就愛聞，而且特殊的是，咖啡的香氣反而讓他放鬆於是助眠，有點怪，但誰沒一點奇奇怪怪呢。在睡不著或者情緒很濃的夜裡，他便會泡一杯咖啡。他抱著枕頭，攤開冊子，腦子一直迴繞著那句，「以前對不起，你要加油。」每想到一次他父親這麼說著，他就忍不住起雞皮疙瘩。

聽在耳裡，他真不知道爾生怎麼去接受，在外努力了這麼久，還來一句，你母親走了，一個人孤單了這麼久，換來一句抱歉。

人居一世間，忽若風吹塵。可不是？

一段時光，可以被幾個字輕易定義了嗎？小樂嘆息，我們的學生時代，好像用懵懂兩個字就能概括大意，但爾生前半生的浮沉就這樣被交代，實在令人唏噓。不是每一句對不起，都能換來一句沒關係，就像爾生只能聽著父親這樣說，默默目送父親蒼老離開的背影。

飄蕩了大半人生，只還來了一句對不起。
也許愛一個人，永遠沒有所謂的太遠，
每一個誤以為是為時已晚的時刻，
都是最早最適合認真去愛的時分。

親人是至親，能往往傷人最重的
便是這種骨血感情。

今天的深夜有微微月光，
我想起自己的家人，
我想握住爸爸媽媽的手，
跟他們說：「我帶你們去吃好吃的。」
也許活著還是有意思的，因為能愛！

9/9 樂

節錄自《凰城霧語》

台北之所以被稱為凰城，是因為台北城曾經有一隻鳳凰盤踞止息。

上古時代，黃帝一直想親眼看見奔麗神祕的鳳凰，於是他舉兵開始了統一天下的大業，兵荒馬亂，刀光劍影，荒煙蔓草，雜沓硝火。他在阪泉之戰降伏了炎帝，涿鹿之戰擒殺了蚩尤，天下逐漸在戰火的亂離中恢復天清星明的秩序中，一統的勝利讓三山五嶽、六合九州都歸於黃帝之土，於是太平盛世來臨，黃帝正式宣詔以際天地的那日，鳳凰出現了。

鳳凰盤旋在湛藍的天空，身上五彩的光芒比金色的烈日還要絢爛，如火光發燙的長頸有精亮而短小的絨毛，比宮裝上華美的針線還要細緻。祂赫赫的氣派讓人望之生愛又生敬，連宇宙的英雄黃帝也為祂的模樣震懾。祂飛翔的姿態如滑水的錦鱗，撩撥著舒展的白雲與天地山水煙氣。祂成全黃帝了心願，也證明了他的輝煌，見祂威儀的尾翼一擺，艷麗長羽綿延十里，美過世間所有妖嬈爭發的花朵，那是開天闢地以來最驚人的一幅錦繡圖畫。

鳳翱翔於千仞兮，非梧不棲。

來到人間的鳳凰飛過了長河與峽海，沒有停止的劃過天空，直至祂來到了一座鬱鬱蒼勁的島嶼，在碩大的島嶼北方有一處內陷的低地，裡頭長著一棵壯碩參天的梧桐碧綠樹，鳳凰緩緩降落，止息於梧桐。

第3杯愛爾蘭咖啡

目送對你好的人，獨自走向他的天荒地老

劇烈的愛恨擠進太過狹窄的日子裡，我們負擔不了，就像白雲負載不了凝結聚集的水滴，就會撒下雨珠，於是當我們無力承擔時，我們就會熱淚盈眶，淚流滿面。

我希望我和你的每次相遇，結尾都寫著「待續未完」。

台北的秋天存在感好低，在酷夏與冷冬的狹縫中求生存，小樂是在上班的路途中看見發亮卻不燙人的太陽、夏季繁盛的綠葉子轉黃落滿一地，才感受到微微沁人的秋風生起。有一隻小黃狗在咖啡館門前打轉，牠精神揚起的耳朵像狼又像狐狸，小樂愣愣地盯著看，見牠沒有要走的意思，只能繞過推門，回頭又向牠呢喃說：「你長得真悠哉！」

韓老闆正在倒咖啡豆，嘩嘩嘩的聲音聽起來格外悅耳。他的表情像是在進行一台沒有難度的手術，小樂有時候會覺得每張手寫的點餐單放到他面前都像是在遞病歷表，要不是韓東宇容貌算是性格、稱得上有型，否則這種苦海深仇的面貌沖出來的咖啡怎麼喝都有點不吉祥的味道。

玻璃門被粗暴的推開，小樂拿著一塊棉布在擦吧台，本能地揚起笑容邊說：「有位置都可以坐。」待他抬頭時，嘴邊的笑意被硬生生扼殺，他兩眼發直的看著進門客人，不長的頭髮抓成飛機頭，黑色的短T恤，gucci皮帶，鬼洗牛仔褲，渾身是足夠的假時髦真流俗。

我佛慈悲，小樂直覺想到一個新興種族：8＋9。

小樂看著客人嘴裡咕噥著熱死了之類的對白，他挑了一個離冷氣送風近的位置，一坐下便掏出手機，哼哼哈哈的大聊起來，小樂僵硬的表情在三分鐘內逐漸變成鄙視的眼神，他現在只想做一件事，朝那人扔手榴彈。

小樂在腦海跑過能用來形容他的詞彙與稱呼，精壯的男子、流氓、時尚的Trouble Maker、文化難民、奧客，壞人……他在心裡嘆了一口氣，說：「先生，可能要請你降低音量喔，這樣會打擾到其他客人。」

他放下手機，環顧了左右，說：「沒有其他人啊。」

「我是人，我們老闆也是人。」小樂把菜單夾在手邊，神色整成一副意興闌珊的模樣，「如果你只是來歇腿吹冷氣的，不要緊，你坐一下就自己走吧，但不要找麻煩，不要打擾到別人，尊重這個環境。」

「我偏不肯呢。」他一支手撐到椅子後面，昂著下巴看小樂。

「你不肯？那你想怎樣，來鬧場？」小樂浮誇的笑了一聲，手心交疊成客氣的姿態，但態度卻十足強硬，「這裡是台北，不是甚麼荒煙蔓草的偏鄉或是黑道統轄的陪都，你要敢惹事，我一通電話撥下去十分鐘之內就有人來料理你，你是要和我好好說，還是讓警棍電擊棒跟你談，看你方便，我隨意。」小樂在心裡唱起磅礴的配樂，暗想自己好歹也在大公司連滾帶爬過快三年，要對付一個地痞無賴難道還沒有兩套辦法不成。

他哼一聲，表情似笑非笑，「你威脅我啊。」

「你害怕了才叫威脅，不然就只是溫馨提醒而已。」

他嘲諷道：「我看你年紀跟我差不多，怎麼在當服務生還以為自己很了不起呢。」

「甚麼服務生，我是這間店的公關，管帳管營運還管客人。不過！就算我是服務生那也確實比你了不起。」小樂用手指朝他從頭到腳比劃了一下，「我行得正坐得端，不厲害嗎？」

「公關？就你也行啊。」

小樂大感荒唐的吐一口氣，「我不行難道你行啊，算了算了，跟你我有甚麼好認真的，你趕快走，沒人留你。」

「我不要，我散步散得累了，你這是咖啡店吧，我就要喝咖啡。」

「我不賣。」小樂斬釘截鐵的宣布。

「哪有這種道理，有錢還有不賣的。」

「你連咖啡兩個字都不會寫，你懂喝？你去超商買罐裝的就好了。」

「你還說話羞辱人啊。」

小樂嘿嘿的笑，「我就是羞辱你，我討厭你們這些流氓8＋9，八字不合命格對沖，沒辦法，天生的。」

他把腳抬到桌子上，「我不管，你給我喝了我就走，不吵也不鬧，否則我就這樣待著，看你怎麼做生意。」他捲起袖子，露出袖子下的半截刺青，小樂也不知道他是有意還是無心，總之那黑烏烏的圖騰的確讓他看了心驚肉跳，渾身不舒服。

韓老闆走過來，用報紙打了下他的腿，「放下。」

男子瞟了一眼，把腿放下，雙手盤在桌上對韓老闆說笑說：「老闆，你們這個員工素質不行，跟客人大小聲，你們這樣會有生意嗎？我要喝咖啡他還不賣給我。」

「你要喝咖啡可以，給錢。」韓老闆對小樂撇頭，示意他結帳，自己到吧頭後頭沖咖啡。

男子從皮夾拿了一張五百塊，用兩根手指頭拿給小樂。

小樂對韓老闆抱怨：「韓老闆，你幹嘛要做給他喝，大不了報警，還怕跟他互相傷害啊。」

韓老闆無奈的瞥了小樂，低聲說：「他又不是拿刀闖進來還是砸店，你叫警察來也只能請他走，然後他天天來，你天天叫警察？開店總會遇到這種小災小禍，但化解不是靠掄拳頭，也不是講道理。」他的食指敲下小樂的腦袋瓜，又說：「有錢不賺也不是你的風格。」

小樂揚聲問男子，「那你要喝甚麼。」

他扣了下後頸，皺眉頭說：「就看老闆覺得甚麼好喝，就做一杯來。」

小樂噠的打開收銀機，才正要問，韓老闆就說：「不用找了。」

「你一杯咖啡五百啊！」

「你要喝我可以泡，但你喝不起，不能叫我請。」

韓老闆拿出一個燒燙專用的咖啡杯，先倒入威士忌，上頭撒入薄薄一層砂糖粉，小火加熱著，又見他輕輕轉動杯身。他把剛煮好的熱咖啡加入整杯約四分之三的份量，最後舀上一匙新鮮的奶油。送到男子面前，「愛爾蘭咖啡，必須說因為是一時興起，並不是完全地道作法，不過喝起來應該還是不差的，你嚐嚐。」

小樂也好奇的睜著大眼看，他還沒見過韓老闆做過愛爾蘭咖啡。後來他才知道這其實不算咖啡而是調酒的一種。

「愛爾蘭咖啡？」他湊近鼻尖聞，「好濃的酒香氣。」

「你根本就是個酒鬼吧。」小樂哼哼笑著說。

酒味醇厚，咖啡的酸味活潑，稀薄的甜意和鮮奶油調和了初入口的滋味，不同於一般花式咖啡，這樣的味道很獨特，很挑人的調性。男子很快的就喝完了一杯。

「如何。」韓老闆雙手支在吧台上，朝他問。

「喜歡啊！怎麼不喜歡。」

男子不吵不鬧的離開了。

小樂以為不會再看見那人了，沒想到有一天他在門口盯著小黃慢悠悠的晃來晃去的時候，年輕男子又出現，仍舊是一副吊兒郎當的模樣，一雙刷色牛仔褲破裂的像是要斷成兩截。小樂一直對撕裂感的衣物風潮感到莫名其妙，但是這個世界本來很多的存在就是匪夷所思的。

「喂，你寧可盯著狗也不問我要喝甚麼，狗又不會付錢跟你買咖啡。」男子橫在玻璃門，他每次來都要這樣質問小樂，又像是知道小樂對他愛理不理，標準模式。小樂擠過他，硬是先進門朝向他說：「可是我真心覺得，狗比某些人可愛可親多了。」

「廢話少說，上酒。」

小樂看著年輕男子邪氣盎然的臉龐翻了一個春暖花開的白眼。待韓老闆倒騰完一番工夫，小樂端上那杯愛爾蘭咖啡，兩個人你瞪我我瞪你，好像誰給誰笑一笑就會少塊肉一樣。

他衝小樂說：「你每天跟我紅著一張臉對嗆，你不累嗎？」

「你每天不務正業，渾渾噩噩的過日子難道就不累嗎。」

「我來你這店消費你管我在外面幹嘛，我又不偷不搶。」

「你不偷不搶？」

男子想了一想，「小拐小騙吧。」他拍了下桌子，「干你什麼事，你到底有沒有把我當客人啊，還有沒有尊重，對我說這些話當我沒脾氣啊。」

「我有良心啊，又不是矇著眼睛賺錢，你這種擾亂社會秩序的傢伙我作為一個社會好青年是有義務檢討你的。」

「你有良心？你不說我沒想到，我還想問你這樣對我你的良心都不會痛嗎？」

「良心那東西前兩年缺錢我就拿去賣了。」小樂呵呵的笑，他拉開男子對面的椅子，悄悄伸出手，指了在吧檯穿著一件KENZO藍色老虎夾克的楊洛謙，「你也別嘔，那個客人我也不待見的，他就是一個耽誤女人大好青春的渣男，我同樣沒給他好臉色看過。」

「這麼說你的常客都是被你討厭的人，您做生意手腕真厲害。」男子貼近桌子問道：「他怎麼耽誤女人的？」

「別人的八卦你好奇甚麼，我才不說長道短，就是我會說也不跟你說。」

「那我不問別人，問你好了，你女朋友對你在這端杯子有甚麼意見沒有。」

小樂懶得跟他解釋複雜的營銷背景，更不指望他的腦結構會有老闆跟店員以外的第三種身分，何況男子的話一半也不過是在鬧。

「我現在單身，我樂意端杯子沒人管。」

「咦，這麼年輕怎麼單著，不是行情太差吧，如果很缺的話，大哥我是可以幫你安排一下！」他曖昧的挑眉說。

「我現在對交女朋友沒有興趣，我只想發財！」

男子哼哼一笑，翹著腳一副我看你繼續編謊的態度，「不愛交配的男人都不男人。」

「你小時候是體育老師教你說話的吧，還是你學前卡通都看動物星球頻道啊。」小樂說話的時候瞧著男子的耳朵，探了脖子，像看奇寶一樣，緩緩皺起眉頭。

他撥了下自己的耳朵，湊近小樂，「怎麼樣，我耳朵這麼好看？」

「你的耳朵跟別人不一樣。」

「招風耳啊，這種耳朵大發，包準我前途一片光明。」

前途光明？前途光明的8＋9，小樂心裡呵呵。

小樂又盯了一會兒，搖搖頭，「你這不是招風耳，你的耳朵是尖的，你聽過反骨嗎？唉呦！誰撞見你這種人都要退五十公尺的。」

他雙手盤在胸前，眉頭蹙著看小樂，胸膛的肌肉透過薄薄的T恤好像在示威一樣，「我發覺你這個人說話真難聽，你就不能說這是精靈的耳朵嗎？反骨，反你媽。」

小樂在心裡偷笑，好聽話我可會說了，只是不願意說給你聽而已，「是精靈的耳朵，但沒有人說精靈不能反骨吧。」

「算了算了，反正你就是那個甚麼嘴吐不出象牙的。」

「甚麼嘴？」

男子哈哈的笑起來，死不肯說。

「你有本事說清楚一點！」

他揑著小樂的下巴不客氣的搖，「棉花糖做的嘴，滿意了沒。」

小樂惡狠狠的拍掉他的手，「就瞧不起你們這種沒讀書的人，野蠻！」

「誰跟你說我沒讀書，不過就是紙嘛，誰沒看過兩張。」

「你倒是跟我說你看過甚麼，千萬不要跟我說是朱自清他爸的背影，他老人家夠累了。」

他絞盡腦汁的想，靈光乍現的流露出得意笑容，說：「我看過金庸，最喜歡那個墳墓裡有個姑姑的故事，這算是書吧。」

他的笑聲大概像楊過一樣瀟灑和豪邁，也跟年輕獅子的咆哮聲差不多吧，小樂不知道。他看過不少書，在高中時代也是能被稱作愛閱讀的孩子，還領過兩學期圖書館借閱最多書籍的獎狀，但他就是沒看過金庸，社會不安寧，就是有太多自以為的遊俠。韓非子說俠以武犯禁，俠就是匪，不過是喜歡匪的人多了，匪就就變成了俠。

小樂想，這個人不讀書，卻只在年紀小的時候翻過《神雕俠侶》，愛上了打打殺殺的江湖快意，果然一遇楊過終身誤。楊過呀楊過，你看看你，真是個小壞蛋。

「我問你，如果有一個你愛的人，女朋友也好家人也罷兄弟也無妨，他從斷崖上掉了下去，你會不會跟著跳。」

男子盤著手翹著腳，手指抵著下巴，又一次的陷入了思考。

「我懶得跟你說，我去看狗。」

小黃正在吃菠菜牛肉罐頭搖尾巴的時候，男子推門說：「哥走了。」

「你沒有付錢啊！」小樂看他走下台階，沒回話，又吼了一次。

男子擺擺手，「先記著，以後扣款。」

「不能賒帳，甚麼記著。」小樂朝他背影罵，但他也沒停下腳步。

等小樂走進店裡才發現是搞錯了，一萬塊的新鮮現金，二十張咖啡色紙鈔躺在杯子旁，小樂腦子立刻飛快運轉，他已經來了一禮拜又三天，加上記著的，他立刻得出一個事實：這傢伙有資格列為店裡的VIP。

天空伸不知鬼不覺的聚攏了一片黑雲，烏泱泱的說下雨就下雨。

小樂看見Linda拎著濕淋淋的傘跑進來，一樣是趁學生午休時間出來的，他按慣例朝韓老闆喊：「藍山咖啡，客人等著。」每天準時中午出現，帶走一杯咖啡，小樂想老師的生活不曉得是穩定還是無聊，同樣的課文一講可以十年，眼看同樣的教室同樣的制服，不朽的蘇軾唱不完的〈水調歌頭〉，自己的歲月就在永遠年輕的學生面前逐漸消磨，說起來跟鬼故事一樣。

這場雨下沒完，過去了半個小時也不見小。但是對小樂來說，淋濕他的肩膀的才叫雨，否則即便雨勢再磅礴，都不過是一道與我無干的風景罷了。

小黃站在台階上盯著雨水落在柏油路滴滴答答，一個快步跑過來的男子伸手在小黃頭上揉了揉。

「下雨天也不忘記過來酗酒呀。」

男子穿著一件濕透的白色襯衫，手腳迅速的竄進了咖啡館，但是不斷在滴水的他看起來有些狼狽。他自嘲說：「你看，我想好好喝一回咖啡，裝模作樣一下就碰上壞天氣，多倒楣，連老天爺都看不順眼我矯情。」

他眨眼間就把黏在身上的襯衫脫了下來，上半身赤裸裸的，小樂目瞪口呆地盯著他，「這都是什麼世界啊。」

「我沒脫褲子就不錯了，而且搞不好還替你招攬了女性顧客。」他結實的肌肉線條灑了水就在發光，渾身勃發的青春男性荷爾蒙，估計小女孩看了會有熱呼呼的暈眩滋味。小樂看他當不用錢的抽著紙巾擦乾身上的水，立刻把紙盒奪走揣到懷中，「有點道德，別再浪費我家的衛生紙了。」

「我有甚麼辦法，我也很無奈啊。」

小樂到小倉庫的置物櫃拿了一條墨綠色的毛巾，塞到他手裡，「安分點，你襯衫給我，我放到冷氣下面這樣乾得快。」

「這毛巾好厚。」他舉起來

小樂使勁的把他的手壓下去，悄聲說：「別讓老闆看到，這都是老闆的，品質特別好吧，我感覺就不便宜。」小樂轉了兩下脖子，「看你今天人模人樣的我才大發慈悲，就當是積德了。」

「小樂，先給我拿一杯咖啡，又冷又渴的。」
「你叫我甚麼。」
「我聽他們都叫你小樂，不是？」
「我跟你甚麼關係甚麼交情，小樂是你叫的嘛。」小樂哼哼說，但其實他就喜歡跟他抬槓，男子愛認真，小樂又愛鬧，兩個人幾句話就是一台戲。

衣服涼颼颼的乾了。淡淡酒香殘留在杯底，男子滿意的點點頭，他重新把襯衫穿上，看了下手機說：「唉呦，今天好忙，等一下晚上不知道是要去釣蝦還是烤肉，晚上有局，太累了。」

「甚麼局啊。」

「要去eighteen，怎麼樣，要不要一起去啊，夜店還挺有意思的，要不我帶你導覽一圈，一個晚上帶你跑三家，有的地方喝有的地方跳，當然還有的地方是用來撩人的，哥絕對不讓你花一塊錢。」他拍了結實的胸脯，「心動吧？」

「我也不是沒去過夜店，只是大半夜不睡覺誰有力氣去那些地方鬧。」

男子也沒有多勸，轉身就走。他總是這樣，來的時候是匆匆的，沒一點客氣，走的時候也是匆匆的，沒半分客套。常常小樂都不知道他甚麼時候坐上了位置，只聽見渾厚的男人腔調說：「小樂上酒。」偶而他會故意喊成：「小二，上酒。」但是小樂總能見到他離開的背影，像是一個不知死活的城市遊俠，或是說都市痞子？反正就是有著不怎麼光明的身分，至於人格怎麼樣，小樂懶得想，但他總會說：「你真不是東西，壞人一個，總有一天報警把你抓走。」

小樂對男子的故事好奇過，但小樂也知道，他有意迴避，總是淨說些遊戲人間的橋段，真正問到核心，你錢從哪來，話就聊不下去了。小樂是這麼想，一個正正經經的通俗人物，都難免有時要幹些身不由己的事了，恐怕說是小奸小惡也不為過，何況他是在混的，人在江湖裡，哪能不沾刀，有些故事再好奇，也明白不能細究，因為不敢聽，因為聽了會不知道做何反應。

有一天小樂問他：「欸，你的名字？」

「甚麼你的名字。」

「問你叫甚麼名字！」小樂不耐煩的說。

他哦一聲，想了想說：「我以為你就喂喂啊啊小流氓8＋9的叫我就好了，那……你就叫我杜哥好吧。」說完笑笑就走了。

「杜哥，杜你全家啦，神經病。」小樂衝著他的背影搖頭，小樂有一種感覺，他有一天就會這樣走掉的，因為他走路的步伐很決絕，也沒有任何牽掛，這樣自由又隨心所欲的人，是很可怕的。

小樂在幫小黃搭建一個家。

在把從寵物店買來的材料扛回來的時候，小樂向韓老闆發出了求援，「他們那個說明書寫的跟國安局密碼一樣，我有看沒有懂，老闆，你會修水管又會修熱水器，幫我組個狗屋行不行。」

「不行。」韓老闆堅定拒絕通情達理的解釋，「請問你怎麼不買現成的屋子呢。」

「我當然想過，可是我看過啦，明明是同樣的東西，裝好的跟材料盒差了二點五倍價，你說那些錢我能給小黃買多少零食吃。」

「你知道有網購比價這種購物方式嗎？」

「那是他的家啊，我怎麼能用網購呢，誰買房子會上網看了就下標，那是牠的家呀。」

總之，小樂沒說動韓老闆，這一點也不意外。

小樂這輩子都沒養過寵物，他也並不特別愛狗兒貓兒，更不是那種看見街邊貓狗或朋友寵物會伸手摸或說「唉呦借我抱抱」的那種人，所以這次飼養小黃他是從零基礎開始，只知道買食物別餓著狗，滿足了小黃的生存問題後，他就開始張羅他的現世安穩了。

他不希望小黃跟自己一樣厭世，畢竟做人難，做狗應該不難。

小樂開了一個狗罐頭放到小黃的屋子前，「小黃啊小黃，你的下午茶來了，快吃吧，我也不知道要多久才能把你的屋子蓋好。」

男子出現了。

他像看笑話的盯著小樂坐在門口邊，拎著一張說明書長吁短嘆。

「柱子同學，搭把手行不行？」

「你說甚麼。」男子眉心皺起，盯著小樂。

「我說你有沒有一點正常人類的同情心，沒看到我這邊山窮水盡嗎？」

「你是不是不知道拜託人要有正常的態度啊。」

「其實我本來個性很溫和的，就是到這間咖啡店後，我發覺每個人都要我扯著喉嚨跳著說話才行，早知道你們這些凡夫俗子這麼難纏，上仙我當初我就不下凡了。」

男子很認分的開始了建築工人的事業。

他拎起袖子，露出結實手臂上的刺青，小樂偷偷摸摸的瞧，仔細看那圖騰讓他發毛，他說：「我真的不能明白，你們每個人都在手臂胸膛刺一半，這樣的用意是甚麼，你很兇，你很狠，你很英雄？」

男子沒好氣的捏著一塊長板子，對他說：「就是為了嚇唬你們這些一碰就倒的人。」

良久，男子開口說：「其實我這是為了遮疤才刺的。」小樂仔細一看，他壯碩的右手臂上有一道十公分左右的疤，還真的是刺得黑漆漆的不說不能注意到。

「你是去撞甚麼還是被綁了。」

「被砍的。」

「我不信。」

「我說你這個人腦子很硬耶，新聞那麼常有酒店KTV砍來砍去，連捷運都有刀，沒有報上新聞的還不知道是幾倍，我不是被砍難道是我有興趣拿刀捅自己嗎？」

「這你怎麼能怪我啊，毒品在校園滲透率也很猖獗啊，但又沒到我身邊，我很難想像嘛。」小樂擺擺手，他也無所謂信或不信，「那你怎麼傷的，真的有人拿刀子捅你啊，現在我信了，你那麼愛惹事生非，惹到更大尾了對不。」

「你這猜對了一半，我是挨刀的，人家是看我朋友不順眼，在機車行尋仇，我在現場當然幫忙擋了，結果我朋友沒事，我反而白挨了一刀。」

「報警了沒有？賠償甚麼了嗎？你爸媽還不嚇死啊。」

「我家人早當我死了，也不太理我，不過還是有好處的，對方找了比較有分量的人說合了，我朋友也算少了一個仇家，我拿了一些慰問金就大事化小算了，而且又不是斷了一隻手，還能怎麼樣。」他的口氣有海闊天空的隨意。

「我說你是太灑脫還是太傻，別說拿刀，就是有人拿美工刀割我一下，我就請律師團了，哪有你們那麼淡定。」

「所以說你小心眼。」

「你去死吧你。」

小樂每天看著帳本上的預期數字一點點接近，然後再被水電瓦斯進貨雜項支出一點點扯遠，生活就在數字的拉鋸中流水似的度過。店裡兩個女孩子唧唧喳喳的談天著，小樂慵懶的在吧台上翻著《凰城霧語》，他對這個鳳凰的傳說很感興趣，冊子的前主人們東一段西一段拼拼湊湊寫著，他左右閒著，就拿著幾張明信片把故事謄上去。才悠閒不到幾分鐘，就聽見門外傳來小黃哀哀的號聲。

小樂推門，怒瞪眼前的景象，「你們在幹嘛！」

四五個高中年紀的男生聚在小黃的屋子旁邊，小樂還目睹一個戴眼鏡的傢伙踹了小黃一腳，惡狠狠的。「你們這些王八蛋，虐狗啊你們。」

「我們只是在跟他玩。」其中一個人理直氣壯的說，絲毫沒有退卻的意思。

小樂看了怒火從胸腔漫出來，「玩？好啊小畜牲，那你給我踢一腳，我跟你玩好不好。」

「來啊你。」

小樂默默地走近兩三步，那群人繃緊臉死死盯著他，小樂是又氣又騎虎難下，心一橫，一腳就往戴眼鏡的那個傢伙肚子踹了下去，那人心裡意外，一驚踉蹌的倒了，其他四個人立刻揪住小樂，還沒會意過來小樂就感受到四五下又是拳頭又是手肘的毆打，掙都掙脫不了。

「你們這群垃圾，現在下手就別想逃，監視器都給你們錄到了。」小樂話才說完，腰間就被人往後扯，韓老闆反手往其中一個人的臉頰像劈磚頭似的拍下去，巨大的哀號聲。那個小嘍囉摀著臉彎腰抽氣，眼淚疼得直掉下來，其他人停止了動作往後退兩步。

「滾。」韓老闆輕描淡寫的說。

幾個人吼了幾句髒話，沒幾秒就溜了。

小樂忍不住抗議，爆炸的說：「你怎麼不痛扁他們一啊，氣死我了！真不知道那些敗類都誰養出來的，十七八歲不好好念書，竟然膽大成這樣。」

「我們這邊是咖啡館不是撞球場，還打！我要是晚一點出來你就跟小黃一樣哀哀叫了。」韓老闆扯著小樂的手臂，上下瞄了一眼確認沒甚麼大礙，就不管他了，只是問：「你甚麼時候裝監視器？」

小樂傻傻笑，「噯，嚇唬他們的，哪來的監視器，又不是不用錢。」

小樂看著小黃在那搖尾巴，傻呼呼的模樣，心疼得不得了，「你給人打不會咬回去啊，怎麼那麼笨。」小樂簡直愁死，偏偏小黃又伸著舌頭呆愣呆愣，一副不知人間險惡的模樣。小樂淚眼汪汪的對著不知好歹的小黃，搖搖頭說：「算了，給你吃個點心壓壓驚。」

這一天小樂的心情都不太好，下班的時候他對韓老闆說：「韓老闆，為什麼有的人就那麼賤呢，可以好好的生活著卻要走那些歪七扭八的路，雖然這世界上無奇不有，但我還是不能明白。」

「甚麼叫好好生活？穿著白襯衫翻著黑格爾就是高尚的好好活著了，你的想法太形式了，粗俗的人不代表他就沒好好生活，這世界本來就很對立，不可能人人都是老師警察，那老師警察裡都還有作奸犯科的，他就是地痞流氓，難道就不能是有情有義的。」

「我在說誰你在說誰啊。」

韓老闆沒看他，哼的笑說：「我以為你說的不是下午那些壞學生，而是你整天喊人流氓的客人呢。」

小樂眼睛轉了一轉，「我還就是說柱子同學了，他就不是好東西，你忘了他第一次來拍桌摔椅子，就憑這樣我就說他不是好人，哪個有文化教養的人會這樣動作的。」

「西裝革履笑著暗捅人的就有文化了，見過的人越多，你只會越來越喜歡直率的人，很多時候禮貌不過是暗藏心機的一張面具，你是沒吃過笑面虎的虧，你真的不要太武斷的評價他，不是每個人都能像你一樣幸運地長大，有正常的家庭資源，有健康的生活環境，是你活得太容易，所以看不見別人的辛苦。」

「我看見他就不舒服。」

「那是你以貌取人了！」

「我是對他……身上的刺青很反感。」

「你還真的是沒少受教育的茶毒啊，就這麼討厭刺青？」

「你見過哪個詩禮簪纓的真大戶子弟在身上雕龍畫鳳的，伊莉莎白女王難道會塗著花豹在背上？」

韓老闆解開藏藍色的襯衫，小樂目瞪口呆的盯著他，「你想幹嘛？」

韓老闆的小腹右側刺了有一個刺青。

「老天呀。」小樂低頭把頭湊近。

「你是不是現在要開始鄙視我了？」

小樂看了韓老闆一眼，小心翼翼的手指碰了下刺青的地方，「我還想說有甚麼了不起的，有本事怎麼不弄個浮雕呢？」小樂盯著一排英文字，背後是一個閉眼的女人輪廓，姿態很性感的圖騰。

「為什麼刺青。」

「談感情的時候做的。」

「瘋子，後悔了吧。」

「沒有，沒後悔過。」韓老闆頓了下語氣，「還真有過，感情失意的時候玩過一陣子的地下博擊，那時候對手看了會嘲弄。」

「你玩地下博擊！」難怪一身澎湃的腱子肉。「那很危險吧。」

「那很要命。」韓東宇玩的是黑市博擊，加入門檻有時可說較低，因為會死人，所以你有膽有本事就來，沒本事就成為這場金錢娛樂加溫的熱血。一旦站上了擂台多半只有兩種結局，被人殺死或殺死別人，黑市拳王Caneira也曾有過在場上命懸一線。「到底是有多失意的感情，讓你拿命去撒氣。」

他把襯衫兜回身上，「不要再跟他爭鋒相對了。」

在咖啡館工作的日子小樂才真正思考起人生，品味起生活，從前在學校，只知道大限的盡頭是大考，無論發奮過還是混水過，終究只是要邁過那個坎，這樣的生活很壓抑，也很清楚明瞭，到了大學畢業進入社會，投了履歷進了公司，每天就上班下班的，你根本不知道盡頭在哪，你也沒有太多的生存危機感，反正沒有大意外就這樣一個月一個月的領薪資，很安全，很無用，然後逐漸變老，可是現在到了咖啡館，好多事都自己作主，生活的喜怒哀樂都倍數放大，很容易親近別人的人生，因為自己有餘閒，可是回頭看看自己，又有一種莫名的孤獨感，這種空虛是難以名狀的，好像是你看別人都覺得像一回事，而自己卡在一種不上不下的境界。

小樂端上了愛爾蘭咖啡，「想甚麼呢，我跟你說話。」

「呦！今天是初一還是十五，作功德啊你。」

「這是你在我們這點的第二十九杯咖啡，作為一個對我們店裡有助於營收的客戶，我應該對你有更深度的瞭解。」

「對我的歷史有興趣啊。」

「你的黑歷史不問也罷，只是我好奇你究竟想要幹嘛，你打算一輩子就這樣過嗎？飄飄蕩蕩，這裡兼差那裡打個工，你就是現在能這樣過，到了二十八九歲也過不下去了，不是有話說，每天早上醒來跟夢想相伴，是一件很充實又浪漫的事嘛。」

「那你的夢想是甚麼？」他還用一種特別認真的眼神問。

小樂一時愣住，「好好活著就很奢侈啦。」

「我是問真的。」

「我也沒說假的呀。」小樂翻開冊子，筆尖對著一行說，「那就看見鳳凰吧，因為看見的人，會幸福的。」

他用一種我聽你在說夢話的表情問：「那怎樣才能見到祂，祂有辦手機嗎。」

冊子上寫著四種條件，嘉禾蔚生、甘露下降……小樂接續講出來：「麒麟降生、黃龍睡醒。這四種情況出現你就能見到鳳凰了，怎麼樣，容易吧。」

「容易！比七龍珠好湊，我能讓你見到鳳凰，求我啊。」

「憑你？你先把自己處理好吧，別去打擾祂了。」小樂不屑的闔上冊子，默默地發愣。

「欸，擁有一個失敗的人生，是什麼滋味。」

他挑眉瞪著小樂，有低低滾動的怒火，只是笑問：「其實我真的沒那麼失敗，我的生活有我的成就，只是你不欣賞而已，但不管是你還是其他人，都不能改變我用自己喜歡的方式過一輩子。」

「你為什麼能用自己喜歡的方式過一輩子。」

小樂的每一句疑問，都聽起來像是針扎的挑釁。

「男人最怕沒理想沒志氣，這樣看起來太窩囊了，沒出息。」

「你說誰沒出息？」

小樂瞇著眼，他越來越常頭疼了，都說秋天容易憂鬱，容易生病，但他覺得明明就是天氣太渾蛋的陰晴不定。小樂蹙眉說：「就說你。」

椅子用力被推開的身體，他啪的站起來，「少他媽瞧不起人，你哪裡比別人高貴啊，少在我面前唧唧歪歪的，讓我不爽我照樣扁你。」

「會咬人的狗不吠，我還就看你沒有了，怎麼樣？」

「你！」

楊洛謙從吧檯跳下來，擋在兩人中間，結果被他一拳掄在臉上，他指著小樂大罵：「操，你看我會不會在你們沒人的時候把你店門拆了。」

「有本事你把那片玻璃還有那面牆都給扒下來。」

「你等著我啊！」他甩門而出。

小樂朝他走遠的背影，「都是問我自己的話，你激動甚麼勁，神經病一個。」

回頭小樂看洛謙說：「還有你沒事湊甚麼熱鬧。」

洛謙摀著左眼下的顴骨，痛得不想說話，被揍的地方紅腫得像是能滴出血來。

韓老闆對他們兩個搖頭，指使小樂去拿冰塊。

下班時間，小樂尷尬地望著韓老闆，張口欲言。

韓老闆把玻璃杯放回櫥櫃裡，拿著布擦手，說：「你下午跟人叫板的時候不是還很囂張嘛，現在又怕人真的回來砸店。」他對小樂一笑：「是禍躲不過，別多想了，你下班去吧。」

冤家路窄，相濡以沫，血氣方剛……起、承、轉、合走到了第三步，正好一杯咖啡失去八十八度C暖心的溫度，微涼欲冷。

故事就要結束了。

劇烈的愛恨擠進太過狹窄的日子裡，我們負擔不了，就像白雲負載不了凝結聚集的水滴，就會撒下雨珠，於是當我們無力承擔時，我們就會熱淚盈眶，淚流滿面。

我希望我和你的每次相遇，結尾都寫著「待續未完」。

小樂比往常更早的匆匆離開，到了家樓下的他卻踟躕徘迴。

小樂忽然生氣起來，他知道那個人鐵定會來的，因為他就是那個一個憑直覺與感情做事的人，只是自己為什麼要為別人不規矩的情緒而困擾，不爽，不爽！他就這樣佇立著，在心裡譴責了那人的暴戾，也覺得自己和他交朋友真是無聊。

他是我遇見最大的莫名，也是我見過最大的奇妙。

韓老闆多待了半小時，他暗笑一聲，想自己也被小樂影響得多心了，沒人來鬧事。只是依舊有人靜靜到來。

「我以為你今天不會來遛狗。」韓老闆拎著像是登山包那麼大的提袋準備下班。

「他到底甚麼時候才會知道狗是要遛的？」每天晚上都是男子帶小黃去散步。原本他以為這件事很快會被小樂發現，然後就能看見他的良心痛一下，但是小樂以為給吃飯就能養狗了，而韓老闆也懶得管他們交朋友，一字未提。

這件事情就這樣變成了一件祕密，他心裡又氣又好笑。

「安陽，他有口無心，你不用在意，就算他幼稚好了。」韓老闆對他說。之後關上門離開。

他看著小黃，拍拍牠的頭說：「我跟他生氣算甚麼，他還不屑理我呢。」安陽柱把一個紙盒子放在吧台上，笑說：「送他的，以免他在我咖啡裡投毒。」

「甚麼東西？」

「天冷了，也就是一件毛衣。」

韓老闆揭開盒子，鮮黃色的毛衣看起來很溫暖，他點頭淺笑，「好人或是壞人都不要緊，小樂有你這樣知冷知熱的朋友，他很幸運。」

天很快的黑了，陰影把人團團包圍。

在街角巷口，下午的那群學生撂了更多人堵住他的去路，坐在摩托車上猖狂咆哮。他朝地上吐口水，哼哼的笑，只覺得眼前這些白目學生才叫幼稚，可以用拳頭解決的事情動嘴做甚麼，沒有二話，揪了人就打起來。

他不怕痛的，拳頭打在皮肉上不過像是悶悶的鼓聲。小黃嗚嗚的叫，在牠的視線來說，這就是世界大戰世界末日的邊緣了吧。一個小子捏著銳利的鐵尺朝小黃乾淨的頸間直直插了下去，原來，動物的皮毛是那麼柔軟，骨血那麼脆弱，令人湧動噁心的模糊血肉，另外一個人握著美工刀，迎向了小黃黑溜溜而顫抖的眼睛……

安陽柱眼睛紅了，他掙脫與他糾纏的手臂時，傳來嗚咽聲已經很低，也許是勒在小黃脖子上的粗繩太緊了，牠在哭嗎？牠會哭嗎？安陽柱的眼睛有模糊的水光，他心裡的恨意竄動在每寸肌膚裡，像是沸騰的毒藥。很快的，每個人都流血了，看那個人蜷曲著抖動，看那個人抵著骯髒的牆邊摀著被劃開的手臂，而看向模樣猙獰小黃，已經變得好平靜，像是疲憊的睡過去。

安陽柱雙手緊緊捏著一個人的制服襯衫，風聲在頭頂上呼呼的嘯過，他臉上浮現很輕蔑的笑容，他說：「我現在要割開你的手腕，你會很痛的。」

有人咆哮，「他瘋了！」

這裡沒有人還是正常的。

危及的時候一切都會順從本能，那些加害者終於有了只想要活下去的欲望，他們不會全部死的，因為不可能，但是或許死一個，而他們都不想當那一個。其中一個人跳上摩托車，因為洶湧的血氣，他沒有駛向逃跑，而是朝著安陽柱的地方催足油門。

撞擊之後，又像是有刀子滑進了身體裡，黏密而細緻的疼痛，像是鋒利且縝密的創傷讓血液釋放出來。

安陽柱看見被路燈照亮的一塊天空，滾滾湧動的黑雲，天際彷彿分崩離析了一角讓一場大雨落了下來。安陽柱抽氣，卡在喉頭的幾次呻吟，他閉上眼睛，聽見淅淅瀝瀝的聲響打在地板上。

他的疼痛與血花都在同一個地方，心尖上綻放。

小樂抬頭看見雨水落在自己肩頭，說：「還是被雨淋到了。」

「韓老闆，你買一隻狗啊。」

「我才沒那麼無聊，客人送的。」簡短俐索的說完，韓東宇回到櫃台的位置上，把報紙對折再對折。

小樂穿著鮮黃色的毛衣，拎著一個玻璃牛奶瓶趴在吧台上，興奮地問：「我可以養牠嗎？」

「你在你家養我怎麼管。」

小樂露著祈求的眼光，「我家那麼小，這隻狗那麼大，牠需要一個家的。」

「這裡是咖啡館，不是動物園。」
「可是現在很多店都會放寵物，哎呀，這是招生意來的。」
「我說不准養，你會聽嗎。」
小樂和張著笑臉的薩摩耶對看，「不會。」
小樂說養寵物都要取名字的，因為要馴養，就不能沒有稱呼。
「那你叫牠甚麼，小白，大白？」韓老闆一向比較實際，報以一個應付的微笑：「要不要算牠八字啊。」
「你不給狗取名字，牠是不能和你親近的。」
外面的天空亮澄澄的一片，光線像把整座城市，把這座城市所有人的夢鍍上了一層金邊，小樂的目光凝望著玻璃門外，「天上秋陽日日明，唯有這個不還，你就叫秋陽吧。」
「秋陽，搞得像人一樣。」
「我還就要牠像人了！」
「難道跟你姓？」韓老闆疑惑而好笑的看小樂。
「這倒不要，我找個跟他一樣可愛的姓吧，『安』怎麼樣？」
「安秋陽？安秋陽。」韓老闆看著他蹲著逗狗，忍不住失笑起來。
這天下午，小樂的手機響了起來，他接起來，啞然不語。
他推開門才發現，已經是深秋了。

秋風清，秋月明，落葉聚還散，
寒鴉棲復驚。
風都捲起了蕭瑟的涼意，這本來是
我最喜歡的季節，不酷熱，不冷人，
但是現在我卻受不住這樣的氛圍，
只想要深秋趕緊過去。
我知道薩摩耶是老闆送我的，
韓老闆就是一個這樣的傢伙。

我去金山看過安陽柱，帶了一杯愛爾
蘭咖啡，我陪了他一個下午，天空微
微晴朗，光線像是潮水一樣來回
起伏。樹葉沙沙的聲音迴盪
在微風裡。

俄國詩人普希金說：
假如生活欺騙了你，不要悲傷，不要心急！憂鬱的日子裡需要鎮靜：
相信吧，快樂的日子將會來臨。

我不會再去看他的，第三十杯咖啡，
他存放的錢剛好用完。
想做個沒心肝的人，抵抗所有過多難以名狀的悲傷……
所幸悲傷也無所謂，因為明天和明天的明天，都是有盡頭的。

11/23 樂

第4杯義式咖啡

一個靠身體吃飯的英俊男人才不相信愛情呢。

哼！

小樂從來沒有想過，咖啡館竟然會變成一個性工作場所。

一個彷彿一年到頭都在加州海灘度過的男人，擁有比小麥色還要深的性感肌膚，但是脫下衣服的他卻又比預想的單薄，倒不是說他沒有八塊腹肌或是飽滿的胸肌，只是在知道他的背景後，難免會有差強人意的感想，不過男人說：「我靠的是臉又不是腰，我又不是牛郎。」

大志先生是一名男公關。

他的確英俊的不得了，會讓人忍不住拍手讚嘆「唉呦！這男人也太帥了！」咖啡館來去的人裡不是沒有帥哥，比如頹廢味道的港式型男韓老闆，即便他的言論比較像是深山暮鼓晨鐘的壯僧，但帥就是帥，不容分說。情場玩客楊洛謙，論臉蛋他排不上名，不過與他談話輕鬆自然，一點幽默一分多情，加上懂得打扮衣著時尚，稱得上魅力十足。還有曾經邪氣盎然，男人力爆破三山五嶽的安陽柱，都說這年頭痞子比紳士還要熱門，何況他還有一身自體發光的可口身材，人類能練的肌肉都在上身了……但是，現在坐在吧台端著一小杯義式咖啡啜飲的大志先生，他憑一張臉超越了前述的男子們。

這是一個百分之百的看臉時代，大志先生說：「有臉蛋的話，要大腦幹嘛？」

小樂少見比自己還要厭世的人，特別是對方看起來生活條件健康，沒理由活得像有反社會人格一樣。

當大志先生跟小樂說起自己的職業，小樂露出了他鄉遇故知的喜悅，「我也是公關耶。」這樣的笑容持續到大志先生問：「你怎麼收費？」

「唔，甚麼？」
大志先生是一名男公關，高級伴遊男公關。
他每天都會帶著不同的女人來光顧，失婚女子、粉領上班小資、家庭主婦、貴太太、甚至是身穿制服的年輕少女也有。一次小樂忍不住好奇，問他：「你的女朋友那麼多啊。」他當然猜得出來那些人鐵定不是大志先生的對象，只是也沒真的想到會遇見活生生的牛郎，當時他是用這樣的字眼來定義大志先生的。
「那些都是我的客人，我是男公關。」他絲毫不避諱的說著。
小樂覺得他說的話太過理直氣壯，卻又在他坦蕩蕩的眼神中想：有甚麼好不光明正大的呢，他又不偷不搶，如果認為這樣的人該有羞有愧，那麼也太不政治正確了吧。見大志先生一臉無所謂的態度，小樂問了很通俗的問題：「做這行很賺錢嗎？」「是甚麼機緣巧合開始做這份工作」「真的遇到客人有過分的要求，你是從還不從！」
大志先生拿出一包菸，眼神張望了一下店裡，「有吸菸區？」
「沒有。」小樂篤定的說。他痛恨吸菸的人，因為臭味會四處亂飄，不可能不妨礙到周遭的人，每次看到菸價調漲他心裡都很痛快，雖然有人會說「難道抽菸的人就沒人權嗎？」「沒有！」小樂知道這麼回應是過於偏激的。他對大志先生說：「你也不可以到門口去抽喔，因為我養的秋陽會被煙燻到。」
大志先生瞥了一眼呆滯躺在店門外的白色大狗，「狗比人還重要？連基本人權都沒有了。」

這是一個講究人權的時代，雖然公平與正義從來都不存在，小樂鉛灰色的靈魂揮舞著碩大的旗幟，風嘩嘩嘩的吹，滾動的布上面寫著：我們厭世！BTW我們需要更多的免費Wi-Fi！

「抽菸的人要甚麼人權！」小樂說完太陽穴抽蓄了一下，他想起來韓老闆也是會抽菸的，不過都是在下班的時候，韓老闆會搭在門口的欄杆上，露臺的黃燈把他的背影映照的很寂寞，小樂會在聞見煙味前迅速離開，韓老闆會對他輕輕點頭，像是和藹地說：滾。

小樂稱呼這個男子叫大志先生，但他看起來並不老，不過是總穿著西裝，眼角掛著對世事毫不關心的態度，小樂覺得他鐵定很有經歷，做這行工作，能沒有經歷嗎！所以即便兩人也就差不多隔四歲，小樂依舊喊他大志先生。

大志先生是個很會聊天的人，所謂的會聊天不是跌跌不休，或是句句充滿讓人捧腹大笑的哏，而是他會在對話蒼白的時候跟你抬槓，在你認真的時後拿貌似大智慧的論調調侃你，又在話題逐漸冷掉的時候丟些另人沸騰的句子，更要緊的是，他不怕自己變成話題的談資。

「所以每個客人都是逛逛街，吃飯聊天，這樣兩個小時就六七千，我說我們的經濟還是很強盛的嘛，這種消費力。」

「這份工作要是真的那麼輕鬆，那人人都當男公關了！」

其實小樂聽他說男公關這三個字挺彆扭的，畢竟他自己也是公關。

「如果遇到長相漂亮的女客人，你會跟她進一步發展嗎？」

「你的進一步是指上床還是交往？」

小樂差點沒把眼珠子瞪出來，他心虛的左右張望，擔心別人聽見這種對話。

「會，這是人性嘛，如果對方剛好是空虛寂寞的超級正妹，她有三分意思，我幹嘛不答應呢。」

最少兩天一次，小樂會看見大志先生摟著女客人來店裡咖啡，對於穩定進帳的客源小樂還是非常滿意的，他甚至和大志先生培養了一種默契，他從不主動上前遞菜單，給他們最隱蔽的位置，又會自動的看店裡優先要銷的品項是甚麼，或者挑高單價的飲料上，反正不打擾他們的談話，也避免女客本能擔心被人窺探的緊張。

這一天espresso上了不久，女客人對著手機哎呀呀的嚷，「對不起啊，女兒下課了，今天老公有事要換我接她回家。」她揉著大志先生的手臂，嘟著嘴撒嬌說。

「妳先去吧，我等妳的電話。」大志先生輕輕的拍女客的手背。

「那我再約你喔。」她依依不捨的拎起包包，從位置起身。沒走幾步，大志先生嘿的喊了她一聲，先露出了陽光般的微笑，連眼睛都在發亮的說：「開車要小心哦，不要讓我擔心。」

女客花枝亂顫春滿人間的走出咖啡館。

小樂再回頭，大志先生一支手倚在桌上，端起咖啡，臉上依舊是大雷劈下都不動容半分的死人表情。他朝小樂的背後頓頭，「你有客人來了。」

是那個每次都買黑咖啡的建中學生。

「哈嘍！冠廷。」

「哈嘍，小樂。」冠廷的聲音聽起來像是苟延殘喘的死人。他說：「我可以進來坐一下嗎？」

雖然快要打烊了，但小樂沒有拒絕冠廷。小樂一邊擦著桌子，一邊問他發生甚麼事了。小樂本來猜大抵不過是模擬考考砸了這樣的小哀傷。同時間，洛謙舉起自己的咖啡杯，讓小樂清潔桌面。

小樂聽見廣播放送的音樂，對洛謙說：「欣嵐姊很喜歡她耶。」

「唔？這是誰唱的。」

小樂瞪了他一眼，「去去去，到吧檯那坐著。」趕走洛謙後，小樂把椅子翻到桌上。韓老闆在這段打掃時間依舊坐在櫃檯，不過是翻著食譜，他會自己做晚餐，並認為這是生活趣味，一個人在大都市生存著，替自己找樂子。小樂覺得如果單身貴族是指有房有車有工作的人，那韓老闆絕對是算得上的，可是他總覺得韓老闆有種悲愴的味道，說不上來。

冠廷失戀了。

今天放學他到女朋友的校門口等她，卻等到她跟他說：「我對你沒感覺了，可能是因為遠距離戀愛的關係吧，而且我們學校晚自習到太晚了。」

小樂心裡浮現了無數個呵呵呵呵，中正區與大安區的距離，就像雲與大海相望一樣的觸不可及吧。花朵離開枝頭，是追隨風拋棄了回憶，鯨魚擱淺沙灘，聽起來多麼好哭泣，而她說出這個理由，估計要跟梁靜茹借很多的勇氣。洛謙聽完這個分手藉口也哈哈的大笑起來，被小樂惡狠狠地敲了頭一下，這是小樂為了掩飾自己的笑意。

大志先生說：「她說對你沒感覺其實是在你身上撈不到好處了。」

冠廷吸了下鼻子說：「可是當初她說她一見到我就喜歡上我了，一見鍾情跟好處沒關係啊，她那時候根本還不了解我，哪知道我有甚麼好處。」

「這好解啊，對你一見鍾情只是因為你帥，雖然這點我保留，因為你長得還好，不過可以確定後面沒感覺了肯定是她看膩了你，何況小情侶在一起難免吵吵鬧鬧，如果經過磨擦和爭執後她願意繼續跟你在一起，那就說明了很重要的一件事：你有點錢，或者是你很有錢，否則憑甚麼不合的人還要改變自己迎合你，這就是愛啊小朋友。」

洛謙所有所思得點頭，「所以她離開你，就是你沒錢。」他拍拍冠廷的肩膀說：「沒事，高中生錢不錢的無所謂。」

「不是，她是劈腿了。」

「那更好懂啊，她還愛或不愛你根本不是重點，重點是他的新對象比你帥又比你有資本，我這樣說吧，你交了一個女朋友，然後Jessica或者新垣結衣跑來說要跟你在一起，每個月還給一萬塊零用錢，你分不分？」

小樂抨擊：「你這種積非成是的道理還真的能說服人！」

「道理就是道理，只是現實很難看，你們不願意輕易接受而已。」

四個男子默默無語，這麼現實的愛情讓人很想反駁，但又缺乏了立場，人類本來就是自私的動物，就好像我們終究會與世界攜手面向美麗的走向毀滅一樣，何況愛情，不過是眾多野心中的一塊碎片罷了。

小樂清了清喉嚨，「先回家吧！你媽做好晚餐等你呢。」冠廷的聲音有點沙啞：「我媽去了很遠的地方。」

霎時間大家都靜默了一下，心酸了起來。

小樂化解尷尬，提起精神說：「沒事，要不然下班一起去附近吃吧。」

「好啊。」冠廷這樣說，接著他的手機響了起來，他說：「我媽打來的，等我一下。」

洛謙和小樂以一種毛骨悚然的眼光對看。

洛謙說：「你不是說你媽……去了很遠的地方嘛。」

「是啊，她去維也納玩，和我爸過結婚紀念日，音樂之都嘛，浪漫。」

洛謙巴了下他的頭，「你講話清楚一點，出國就出國，甚麼很遠的地方。」

過後洛謙拎著冠廷去吃飯。

曾經有人問小樂：「你怎麼不交女朋友？」

他答：「我現在對交女朋友沒有興趣，我只想發財。」這是戲謔的玩笑話，但刨根究底，他是不相信愛情的，沒有嚴肅的原因，只因為學生時看見的情侶都吵分了，出社會後碰見的情侶都走遠了，而他自己，也談過兩三段不刻骨銘心的世俗愛情，誰都沒犯錯，就是不愛了，所以結束了。

「你也有初戀嗎？」小樂對大志先生問。

「你可以再歧視我一點嗎？」

大志先生的初戀在高中，十年前的夏天。

同班的第一天他就注意到那個叫晟瑛的女孩，而所有女孩都注意到叫鍾大志的他，因為他帥，就像所有偶像劇的青春男主角，高高的，濃密的眉毛，健康的運動肌膚，他染著深咖啡色的頭髮，所有能被吸引的目光都降落在他身上，就像滿花園的蝴蝶都只飛向同一個地方。那時的他比起現在少了一些男人的野性，卻多了三分青春的新鮮氣味。

他喜歡晟瑛，不是劇烈的賀爾蒙衝動。他喜歡在上課時不經意看見她微笑的側臉，他喜歡上樓梯時正好遇見下樓的她，因為像是緣分的安排橋段。他喜歡看她嘴巴咬著髮圈，對著小鏡子綁馬尾的模樣。晟瑛的成績很好，有一雙聰明的大眼睛，不是小鹿斑比那種無辜的瞳孔，而是能看出來這個女孩子很有想法，心思裡裝著錦繡山河，所有人都用傻白甜的標籤來看晟瑛，但只有大志知道她不是這樣的女孩子。

一次音樂課分組練習，兩兩一對，大家七嘴八舌的鼓譟他們兩個在一組，大志搔了後腦杓，笑說：「可以，我滿喜歡晟瑛的。」他故意用大方的態度說出這一句思量萬千的話，這樣就算被拒絕了也可以落實成一句笑話，不傷自尊。

但後來他才知道，談感情，先愛的那一個，往往沒有甚麼自尊可言。

「甚麼叫滿喜歡？滿喜歡就是還有更喜歡的，那你更喜歡誰，我幫你跟她說呀。」晟瑛像是回應一句玩笑，卻把必需答覆的義務還給了大志。漂亮的女孩子勾人，漂亮又聰明的女孩子勾心，讓人無法撂開手不喜歡。

「我喜歡妳。」大志說。

他第一次告白，心跳像是遇見意外狂敲，嘴角不自然的抿著，但努力做出大氣又不在意的樣子。

一群年輕的學生驚呼起來，連老師都忍不住大笑。

「噢，那我們就一組吧。」她微笑。

他們變成了朋友，會在上課閒聊兩句，下課一起去合作社，去外堂課的時候等對方一起，一個學期過去了，班上有人談了戀愛，就好像一川煙草有那麼一塊忽然燒起一簇火，星星點點，溫熱著所有的花漾少男少女青澀的肌膚。

他們倆個看著身邊的朋友陷入甜蜜，陷入嘮叨另一半壞習慣的抱怨，陷入喊著時間不夠用約會地點不夠多的無聊埋怨。在一次期中考結束，大家約著出去玩，大志拉著晟瑛的手，悄悄說：「跟我在一起好不好。」

「那你想要去哪裡？」晟瑛又再一次聰明的回答，她把「妳願意喜歡我嗎」聽成了「跟我待在一起好不好」。

大志把晟瑛帶去了自己家，他有一個寬闊的房間，一張鋪著藍色格紋的單人床，書桌上疊著捨不得看完的《獵人》漫畫，晟瑛像是站在水中央不知如何動彈的扶著椅子，「你家有甚麼好玩的。」

「妳知道我居心不軌還跟我來，我看妳也居心不軌。」

大志按耐不住的親吻晟瑛，他很緊張，在此之前他還問過身邊正在戀愛中的朋友，到了這一刻該怎麼辦，他們說：「到時候你就會明白了。」青春的提示就是順從本能。

晟瑛雙手搭在大志的肩膀上，睜著雙眼看大志拉開臉龐，微微喘息。

「就算是帥哥，好色起來也是同一種模樣嘛。」說完她給了大志一巴掌，力道不小，但是她沒有憤怒，反倒是笑了起來，「總不能便宜你囉。」

大志揉了臉頰，片刻又傾頭吻她，他的呼吸像是燒燙的火焰，他把她抱到自己床上，低頭看著眼神晃動的晟瑛，以一種不算好人的姿態說：「我一直覺得這件事情很快就會發生的，但我希望是跟妳。」

「說的好像你選擇很多一樣。」

大志挺直腰桿，摸著下巴說：「妳姊妹淘以前不都很迷戀我嘛。」

晟瑛揪了大志的襯衫，把他拉到自己面前，輕輕打了一下他的面頰，像是嘆息的說：「如果我們的關係是這樣開始，那就很難好好結束了。」

他們是彼此的初戀，最美的年紀，最奢侈的青春，都給了彼此。

晟瑛躺在大志的懷抱裡，他的胸膛只有自然而不刻意的肌肉線條，炙熱而充滿彈性。大志問她為什麼對他不溫不火了這麼久，卻終於答應他了。

「因為不甘寂寞，所以才戀愛了。」

她就像是八月的盛開的朱槿花，把每一片天空都染成了酒紅色的彩霞，和她在一起的日子大志愛上了天空，對大志來說，那個時候連空氣聞起來都像是糖果一樣甜。

只是在她離開之後，他再也沒見過漂亮的天空了。

大志的夏天從此缺了一角，就像是被割斷的錦布，失落的一塊早就不知道淹沒在哪條歲月的路上。

她說的話，對他來說都是最好聽的，一字一句，他都相信，她說男生要會一樣樂器，最好是吉他，高二那年吉他社的成果發表展他為她演奏了一曲，風靡了台下的少女，但他只看望她。她說物質不重要，可是如果一個男的連錢都捨不得花，那就沒甚麼未來能指望，所以他暑假兼了三份工，泡沫紅茶、發傳單和扛了一星期的建材水泥，出賣青春的體力買了一隻burberry小熊吊飾給她，證明衷心不假，訴說此心不改。她說兩個人要是世界差的太遠，就不能欣賞同一片風景也不能再愛了，女孩考上了師大國文系，而他為了不離她太遠，他沒有問自己的理想，只選了分數能上跟她同一所學校的體育系，一文一武，美女帥哥，到了大學仍舊是羨煞眾人的一對。

他一路以來都死心踏地的，而她一路以來倒也同樣，不溫不火。大志依舊是眾多女孩夢中最完美的王子，但她說自己虧了，最美的青春，十七歲開始的年紀都給了大志，她抱著大志問說：「你會娶我嗎？」

「當然。」

「可是初戀多半不能善終的。」

大志撫著她的劉海笑說：「那是因為她們沒有一試成主顧，我那麼好，妳哪捨得找別人。」

「如果我愛上了別人，你會不會恨我。」

大志看著她的眼神，他知道她不會開玩笑，但他選擇視而不見說：「我這輩子都不會恨妳的。」

大志回過頭想，從兩個人在一起的第一刻開始，她就不曾改變過，她就是正好盛開的一朵花，不是為他，而只是韶光正好，他正好經過罷了。

「我們不要再在一起了。」她沒有說分手，而是委婉的說出兩個人的結局，像是國畫裡用淡墨渲染的陰沉天空，表達了風雨會落下的心意。大志沒有輕易放棄，正當他還想說些甚麼的時候，她說：「我懷孕了。」大志傻愣愣的，腦子裡想的是這瞬間絕對不可以說錯話，如果表現一絲猶豫或者讓她去墮胎，那自己就太垃圾了，他吐了一口氣，揚起一個努力的笑容說：「我會負責的，不管妳家人能不能接受，我都會養這個小孩，我都會照顧妳。」

女孩子苦笑起來，「你要負責甚麼，這個小孩不是你的。」

「所以後來我很喜歡乾脆的感情，你給我六千塊，這兩個小時我就是你的情人，別無他想，一心一意，沒有甚麼誰對誰錯只有你情我願，多真心呀。」大志這樣對小樂說著。

「你那時候是認真的嗎？如果那個小孩是你的，如果她要你娶她。」

「我願意，都已經是大學生了，何況就算是高中又怎麼樣，大不了我休學去工作，能餓死誰？」

「那樣也太不顧惜未來了，過一天是一天是走不長久的，也許她的無情是因為務實，是很成熟吧。」

「未來？有大學文憑就是擁有未來了，我現在一個月薪水從十萬數起，可是我大學是肄業，那又怎樣，你可能會覺得我賺的錢很骯髒，可是我不這麼覺得，因為我根本不在乎別人怎麼想，如果餓得半死連日子都過不下去，就算別人說我活得很清高，那種漂亮的空虛毫無用處，自己痛不痛快才是比較重要的。」

電影裡面的感情都很有邏輯，從相遇到相識，從相識到相愛，從相愛到相殺必然會給你能夠寫個五百字大綱放在劇情簡介的說明，但是我們的生活，往往潦草的多，愛上一個人，不過機緣湊巧，不過你長得好，不過不想寂寞寂寞就好，而恨一個人，分開一個人，只剩自己一個人，我們不會到處追著生活要誰給個說法，誰活得那麼矯情到處都是申論題。

大志沒有去找晟瑛的那個人，他害怕看見那個他真的比自己英俊，比自己擁有更廣闊的未來，這樣他只能覺得自己是窩囊廢，因為一個男人沒道理要心愛的女人跟著自己吃苦，就像如果有女兒，我們都希望她跟那個能給她公主般生活的王子在一起，至於愛情，有寶馬香檳有迪士尼的花園和羅馬的假期，日久就能生情，不必煩惱。

「你不再願意相信愛情了？」小樂對大志先生這麼問。

「不信，愛情不過是浪漫的文學家來拿意淫的橋段，誰那麼傻。」他堅定的話語，像是曾經堅固卻碎裂一地的誓言。

小樂搖搖頭，對他笑。

大志先生質問：「你信愛情，那你怎麼不談戀愛。」

「如果還有很多可以浪費的明天，我會再努力戀愛的，反正閒著也是閒著。」

「你不能放棄她嗎？」隔天小樂這麼問冠廷。

其實就冠廷這件事上，小樂在心底是有嘲笑的，多麼為賦新辭強說愁啊，等到他的高三到來，他只會陷入升學的壓力，一張又一張的考卷會像大大小小的隕石轟隆隆摧毀他的生活，別說是女朋友跟別人跑了，就是那時候第三次世界大戰爆發，他都沒有精力抬頭關心一下，除非老師說這個議題可能會出在公民的選題裡。

「這麼愛，怎麼可以放棄。」

好吧，十七歲的愛，潔白璀璨又熠熠生輝，小樂也無力多說。

大志先生打開J. Crew橄欖綠色的郵差包，將內層掛著的一支小熊娃娃摘了下來，那隻熊可愛的過頭。他一直帶在身邊，當他擁抱一個又一個不愛卻能帶給他鈔票的女人時，那隻小熊都在身側，未曾離開。「她離開後，你對她說過甚麼挽留？」他這麼問冠廷。

「我問她為什麼要分手，我叫她給我一個理由。」冠廷皺著眉頭，像是被人灌了一杯苦澀的藥汁，整張臉揪在一起。

「給你一個理由你就能死心了嗎？你只是想責備她吧，好表現你有多委屈。」

冠廷搖搖頭。

「你有告訴她你愛嗎？」

「她知道啊，不然我怎麼捨不得——」

「——她知道是她的事，也許她不知道呢，你到底是要怪罪她還是要繼續愛她，如果你是要怪她，不要扭扭捏捏求她給你一個理由，你要甚麼理由！她說你比人醜比人無能你就爽了嗎？真要怪她你就打電話痛罵她一頓，說得再難聽都行，但如果你是想再愛她，就不要追究誰是誰非，總歸你愛她，總歸你要吃虧的。」大志把小熊吊飾放到他面前，「拿去送給她，告訴她你的心意，如果她真的像你說的那樣……好，她會回來的。」

冠廷拿起小熊，「她真的會回到我身邊嗎？」

「真的。」

那一秒，他們在咖啡桌上交換了青春。

大志給了冠廷再去愛的勇敢，而冠廷的傻氣喚起了大志曾有過的青春悸動。

小樂披著一件大衣，縮在吧台上嗖嗖動筆在冊子上寫著故事，他一邊把這幾天冠廷的純情戀歌說給韓老闆聽，說到大志先生，「韓老闆，大志先生是我遇過最乾脆俐落的人，他對這個世界厭惡的程度簡直就是我的楷模。」

那天小樂見他對冠廷的指點，不管居心，也不問他是否知道結局，總之他是在那樣的情境下給冠廷搭了一把手，小樂忍不住笑他：「雖然你受傷過，可是看到那麼青澀的戀情，還是忍不住希望他能成功對吧。」

大志先生雙眼流淌著迷人的電力，大概是職業病，他很擅長笑著說話，那種笑意可以直接滲透進你的柔軟的心房，他的聲音彷彿在訴說情話：「我希望，天下有情人都不是生離就是死別，誰也別想善終！」

這張說出如此惡毒咒言的嘴，依舊在很多次他來咖啡館的時候，對他身旁的女孩說著款款情話，小樂想這算不算是一種口蜜腹劍，那些女人在他身上耗得越久，就離真愛越遠。

有時候女人吵著要大志為自己挑選咖啡，他總點最貴的單品咖啡，反正單不必他結，更樂於做人情給小樂，而每次他離開店裡的時候，他像是在跟小樂說：「你看，相信戀愛的人多蠢。」

真是一場鬧劇，愛情真是一場鬧劇。

「韓老闆，你相信愛情嗎？你相信真的有感情是沒有詭譎的算計，沒有你失我得的利害關係，只有成全、付出與祝福，你相信嗎？」

「沒走在一起的成全，單方面的付出或是只能遠遠的祝福，都不是最好的愛情，但那是很真的感情，所以我相信。」他低下頭，像偵詢的盯著小樂，「你想問甚麼，問我有沒有愛情故事？」

「我問你會說嗎？」

「說完讓你寫在《凰城霧語》？我才沒有癖好讓自己的歷史留給別人觀賞，我的事跟別人甚麼關係？」韓老闆關上水龍頭，擦著手問：「那你信嗎？你相信純粹的感情？」

大志的不相信愛，是因為恨，而會恨是還在乎。

若是沒有愛，又有甚麼好在乎的呢？

相見爭如不見，多情何似無情。

「以前不信，現在信了，深信不疑的地步哦。」

這個天底下最不相信愛情的人，讓小樂相信世界是有愛的，只是不一定都是好好出現。

一月份學期末的那天，冠廷和他的女朋友到了店裡小坐。他們離開後，洛謙微笑著看著他們的背影，小樂問：「再一杯摩卡嗎？」但他其實已經跟韓老闆點單了，他才不管洛謙喝不喝，反正錢是要付的。

「真好，他們有個好結果。」洛謙說。

「你說他們會長久嗎？我是認為會劈腿一次的人就會劈腿第二次啦，做過禽獸的傢伙，就再也當不了人了。」

「你這麼說一個十七歲少女也太狠毒了吧。」

「不是所有少女都是像花一樣可親可愛的喔。」

小樂看見那個女生把小熊娃娃掛在書包上，那隻小熊的掛牌上清清楚楚的鐫刻牠來自Burberry，如果那個女孩可以因為一盒鮮紅的昂貴玫瑰而變心，自然可以因為一隻要價過萬的泰迪小熊再回頭，他想大志先生是清楚這點才故意幫冠廷一把，裡頭有真心，也有對愛情的嘲弄，彷彿在說：早告訴過你了，所有的愛情都可標價。

「真遺憾，世界上的好女孩這麼多，偏偏這些男子都遇上不對的那個。」

或者說，大家總是忙著和錯的人打交道。

洛謙轉頭和小樂四目相交，他閃爍眼光哼一聲說：「你剛剛是不是順帶罵我呀。」

小樂本來沒這個主意，但聽他這麼想，何樂而不為呢，反正他本來也就是犯過感情問題的傢伙嘛。

「真聰明！」

良久，洛謙對他說：「小樂，我發現自己再也不能衝動的喜歡另一個人了，跟誰在一起我都心不在焉，毫無樂趣。」

「你不就一直是這樣的人嘛，吃著碗裡的看著鍋裡的，朝秦暮楚。」

「不是，無論現在跟誰好，我都只想著欣嵐。」

小樂哐啷的放下手邊杯子，「她結婚了！」

「我知道。」

小樂愣愣地看著他，他沒有開玩笑，他說的很慢，但情緒就像是早就演練過一百遍，如此篤定，如此濃烈。

「我一開始跟你一樣覺得冠廷太傻，甚至覺得蠢，多輕的年紀，可以認識多少女孩子跟多少人玩，他卻偏偏死心踏地的守著那個人，那個人又還是傷了他的，然後我想到了欣嵐，她對我，這麼多年也就是這樣，不離不棄。」他嘲笑自己說：「你說我還能愛她嘛？」

小樂默不作聲，當然知道他們不能再愛了，因為她已嫁，他的此刻此情來的太晚，可是，他始終為他們有緣無份的情誼遺憾。

「你為什麼不像平常那樣損我……」他嘆了口氣，「我最後一次見到她，是你第一次見到她，你用一杯咖啡的時間就知道了我是混蛋，我卻要用那麼長的日子才明白自己的錯誤。」

那天洛謙媽媽問，怎麼好久不見欣嵐的人，他說：「她結婚了，比較忙。」他說這句話的時候心微微一酸，因為無論她忙或不忙，都是難再見了。他媽媽跟他說他也差不多該找人定下來。

「肯定要的，我看好人了，等我追她，等她能回頭看一看的時候。」

「我等她。」

「神經病，她結婚了！你等不到了，你只能等下輩子。」

「我會等，我要等的，我已經答應回我爸的醫院上班，我要讓自己在最好的狀態，這樣她再回到我身邊的時候，我能夠給她最好的一切。」

「你要她離婚，你瘋了吧。」

「我倒沒有這個想法，只是如果我能讓她最快樂，那麼就算要她離婚，也不是不可以。」

寧拆十座廟，不毀一樁婚，小樂茫然地說：「你等不到的，如果你有良知就放過她，她已經浪費了最好的青春在你身上，不要再耽誤她了。」

「我其實很高興聽你這樣說，因為你這樣擔心，是不是認為我有可能會成功。」

「你如果去壞人家庭，你會有報應的。」

「我還能逃得了下地獄嘛。」

小樂笑：「也是，你不入地獄誰入地獄。」

「我不會要她離開，只是我會等她，當有一天她發覺我們還能有一次機會，我會淚流滿面的感激她。」

「你非她不娶了？」

「我非她不愛了！」

愛情是一把火，可以溫暖人，也可以燙傷人，即便日久天長火苗黯淡，但星火再起也是一眨眼的事。小樂替欣嵐祈禱，希望洛謙能繼續渾渾噩噩下去，也許他安分得做一個糊塗浪子，才能換來彼此的安穩。

可是誰又知道呢，如果人生有八十年，縱然辜負了一大半，剩下的數十年餘生的幸福難道就不能一賭一試嗎？小樂把頭靠在毛茸茸的秋陽身上，見牠伸著舌頭哈氣傻笑。「他生莫作有情痴，為難自己，也為難別人。」

想到這些，他頭疼了起來。嗳，愛情真是傷透腦筋的一件事。

相愛何必長久，離散才顯情濃。

1/8 樂

大志不知道
女孩肚子裡的孩子卻不是他的。
一個酒酣耳熱的夜晚，她的迷迷茫茫之際，另外一個男人的恍恍惚惚之間，他們犯下了這個錯誤。
兩個人都是好人，兩個好人做了一件錯事。
女孩當時沒想好下一步該怎麼辦，她只知道，那個愛她如生命的男孩子，她不該辜負的，所以她離開了他。
會毅然決然離開我們的人，都是最愛我們的人。

6/5 樂

第5杯 藍山咖啡

婚姻順遂的祕密：去跟小三當朋友吧？！

幸福是甚麼？

幸福是聖誕節早晨在毛茸茸的大襪子裡發現神祕人給的禮物，幸福是寒冷的冬天裡捧著一杯暖手的湯，幸福是你發現喜歡的人恰好也喜歡你的那一秒鐘……

小樂穿著一件水藍色毛衣捧著筆記本，想著一年就要到盡頭了，想著自己是不是一個幸福的人。他在臉書上看見一則新聞稱一年當中十二月是最讓人感到幸福的月份，因為有好多節日可以慶祝，朋友嘻嘻笑笑、天空被煙火燒紅翻滾著絢麗的火樹銀花，還有人滿為患大街。他思考起這個議題，只了解到對沒錢、沒朋友的人來說十二月肯是最讓人傷心的一個月份，他想問這則動態有想過社會邊緣人的感受嗎？沒有，因為社群軟體本身就是為了有朋友的人設計的。

不過關於幸福是甚麼，這個問題小樂從一段婚姻得到了解答。

當然不是他自己的婚姻，他的對的人可能還在路上玩耍捨不得出現，他的時間可能不夠用。

店裡來了一個美麗的女人，之所以用這字眼來形容她，是因為即便這樣大俗氣的字眼放在她身上都會變得高級起來，只剩下恰如其分的涵義。她是人妻，秦湘妍，而她的老公姓王，在小樂知道了她的故事後，他並沒有用王太太來稱呼她，依舊喚她秦小姐，因為他覺得這個女人擁有的光彩很特別，她不是任何人的附庸，更不是家庭裡一項漂亮的擺設。

秦小姐對小樂微微頓頭，她佇足望了望室內，揀了一張靠牆的兩人座位，她穿著一件刺繡連身裙，肩上粉色的安哥拉羊毛披肩化解了全身深色的剛冷嚴肅，修長的小腿下是Dior的絲絨小牛皮裸靴，看上去儀態優雅，服飾貴重還是次要的，而是她的舉手投足、顧盼微笑都散發著一種矜貴但不驕傲的氣質，完美的有錢人家少婦，大概如是。

過了不到十分鐘，一個動作奔放的年輕女孩子進到店裡，她是來找秦小姐的。

她把金色鍊子的包包掛在椅子上，坐定後昂著下巴看秦小姐，態度有敵意，與其說是囂張跋扈，不如稱是虛張聲勢的防衛。她的氣焰在看見秦小姐的面目後就滅了一半，秦小姐是個姿態耀眼的女人，男人總忍不住多瞧一眼對她充滿好感，女人則可能會為了她的完美而感到備受威脅。

秦小姐客氣的開頭說：「要喝甚麼，這家咖啡館我也是最近聽人說，雖然選項不多但評價都很不錯。」她端起自己的藍山咖啡品嘗一口，一派悠哉閒聊，「這裡的藍山咖啡是牙買加政府限量出口的，妳知道嗎？巴西每年會生產上千袋的咖啡，但是牙買加一年卻僅生產四萬袋，而藍山咖啡又還分等級，我看他們的吧台上擺的咖啡豆是NO.1 peaberry，那是最好的藍山，妳喝喝看面前的這杯，不會苦的，很香醇，而且酸味也很均衡。」

小樂對秦小姐的品味驚嘆，要不是他到了咖啡館要經手進出貨，也不能知道品鑑咖啡的細節，店裡的藍山咖啡都是從日本轉手進口的，因為有九成左右的牙買加藍山咖啡都到了日本。

年輕的女孩帶了一個帽子，聽秦小姐稱呼她娜莎，喊起來有風塵的質感，不過自己取的怨不得人，現在很多女大學生都幫自己起了一個像是花名的綽號，而酒店裡的小姐倒反來講究正經，甚麼素靜、墨蘭或碧成。娜莎勾起咖啡杯嗅了一口氣，輕蔑的說：「我沒那麼講究，吃個東西還先聽評價看它等級，我們年輕人嘛，只看能不能拍出好看的照片，東西也不怎麼吃。」

秦小姐揚起笑意，「怪不得勁鋒喜歡跟妳說話，妳很直爽，跟妳說話不用顧慮太多。」她微微抬起手招了小樂，讓他準備一份甜品給娜莎。

這個娜莎不是一般人，是秦小姐老公的情人，出軌的對象。

「妳剛畢業吧，將來打算做甚麼？雜誌上寫妳學服裝，難怪看妳穿衣很有想法，妳喜歡做哪一類風格設計呢，我自己很欣賞Lanvin浪漫優雅的線條感，當然Olivier Lapidus操刀後的品牌風格有不同的氣象，九月在巴黎的時裝週我恰好有去看，妳應該觀摩一下這些大秀，妳比我更懂，創意也正是最豐沛的年紀，多參考多學習，將來一定會很有發展，我是沒天分，不然當學生的幾年裡也想過做衣服。」秦小姐笑吟吟的說著，宛如面前的是貼心的姊妹淘，沒半點醋意，清清淡淡的態度。

娜莎的表情怔住，態度有些軟化的說：「我一進來就注意到妳一身的Versace，本來我看相冊照片的時候還不覺得這件裙子這麼美，甚至有點老氣，但妳穿起來……很高雅，彷彿這件衣服就是為了妳設計，好時尚，又好有風韻。」

「那我要謝謝妳的稱讚。」秦小姐側頭很愜意的笑著說：「果然女人無論是少女還是嫁做人婦，都禁不起別人稱讚，心裡高興。」

娜莎的嘴唇不自然地咬緊，是緊張。

小樂看娜莎的樣子，說漂亮有一絲絲，不過她雖然年輕卻沒有清水芙蓉的透澈，而是塗脂抹粉的光彩，美則美矣，但滑開網路，十張美少女有九張都是這副臉孔，人稱的網紅臉，她的下巴尖尖，山根也立體的不合常理，實在不能說她不美，但她美得很讓人不舒服，美得很廉價。

「你是不是喜歡她，做甚麼一直盯著她看。」韓老闆的聲音從小樂的後脖子溜進耳朵，小樂回頭搗著嘴說：「我是在看她的臉值多少錢呢，你看她對面的秦小姐是穿著幾十萬在身上，而她是把幾十萬打在臉上，勢均力敵啊。」

正宮跟小三的故事，應該要比孫悟空棒打白骨精還要驚險曲折。應該要比《教父》還陰險詭譎，結果現場既沒有撕扯又沒有咆哮，小樂看秦小姐那種恬淡的說話節奏連一點星火煙硝的氣味都沒有。

不只是小樂這樣想。

娜莎的視線落在桌面上不知名處，搖頭說：「我好訝異，我以為今天來妳會指著我的鼻子痛罵我，說我是狐狸精不要臉，我也做好跟妳對幹的準備，但沒想到……現在我只覺得好笑又丟臉，甚麼叫做小人之心度君子之腹，我總算知道了。」

秦小姐低頭一笑，「聽到妳這樣說我好高興，我一定要申明，我不是來和妳談判的，我是來了解妳的，同時也讓妳了解我，我們是大人，都不喜歡被別人指使往東往西，所以我壓根就沒想要說『請妳離開我老公』『妳這樣是不對的』這些台詞，如果我真的這麼說，估計妳也只會應付我，不會和我真正的談心。」

「那妳找我來是要說甚麼呢？如果妳不是要對我說這些，那我們又還能說甚麼？」

秦小姐端起咖啡，她白玉般的纖細手腕上有一個灰色的Hermès琺瑯手環，見她喝了一口咖啡，臉上淺淺的笑容，她盯著玻璃門外像隨口說：「妳很年輕，大學畢業不久，人生才算剛剛開始，我想知道妳跟勁鋒在一起，妳對未來有甚麼打算，除非他娶妳，否則這注定是一場露水般的關係。」

「如果他要娶我，妳會跟他離婚嗎？」娜莎的平眉揪起，緊繃的說。

「前提是，他有承諾過他要娶妳？」不過三秒的沉默，秦小姐笑了起來，逕自揭曉答案，「他沒有，他也不可能這麼說，所以我根本不用思考我會有離婚的那天，妳既然跟他在一起就不會不知道他攤在螢幕上的過去，八卦雜誌上一起被拍到的，無論真假，妳都排不上頭十個。」

「可是他是真的喜歡我。」

「我信你們是真愛！」秦小姐篤定的說：「可是真愛有一天也會不愛，妳有幾成信心他會深愛妳三年、五年，或者十年？妳心知肚明他不過貪戀妳的年輕和新鮮，好像妳有點傻，這或許是我把人想壞了，原本以為妳們是寄望錢而已，但沒想到妳還奢望真情。」

娜莎的手用力握拳，「如果妳認為他不會喜歡我很久，我們遲早分開，妳又何必找我，這不是自相矛盾嗎？」

「不矛盾，我一直相信女人何苦為難女人這句話，一個巴掌拍不響，我不會過度怪罪妳，因為我老公也有責任，大概富貴浪子，是女人容易掉落的陷阱吧。」她一長嘆，「我只是要妳了解他，他之所以不可能跟我離婚，一是他對我有感情，無論深淺，二是我和他的婚姻那是門當戶對，為了一個年輕女孩拆散了企業上聯盟的巨大利益，妳說可能不？妳說的沒錯，我是可以不找妳，我有很多手段可以讓妳難堪，讓你們斷了聯繫，但我不必要啊，可以談笑間解決的尷尬為什麼要把人撕得體無完膚呢？」秦小姐伸手握住了娜莎，蕩漾的眼神中有誠懇真情，也有不會退讓的底線堅持，「人都會犯錯，但我不喜歡去懲罰錯誤，我只想改正錯誤，娜莎，我對妳沒有請求，只希望妳明白我說的不是威脅，更不是話術，而是鐵錚錚的事實。」

娜莎吞嚥了喉頭，被雷劈到似的抽回手。鎮定後她說：「妳倒是客氣，好啊！妳想跟我好好解決，那我不拐彎子，妳告訴我妳要給我多少錢讓我離開，如果妳真的大方，我可以考慮接受。」

秦小姐姿態端正，每一個字都格外清楚的說：「我不會給妳一塊錢，因為我不欠妳，我也不會叫妳離開我老公，但是妳要想清楚，如果妳的存在重創到他的形象而造成他的損失，他會不會反過來跟妳切割，這是妳對他的信任問題，我不清楚，還有我的公公婆婆，如果他們出手，那妳真的要離開這座城市遮羞了，妳會掛著破壞人家庭的骯髒名聲一輩子都洗不掉，而這個妳就要衡量值不值得，如果你從勁鋒身上得到的利益大於這些，或許，妳還可以覺得划算吧。」

「他不會傷害我的，至於妳的公公婆婆……他們又能拿我怎樣呢？」

「妳當然可以試試，我綑綁不了妳，但是當他父母要處理這件事時，一旦下手了就誰都拯救不了，妳可以拚拚看，如果不擔心妳父母蒙羞，不擔心他們把妳逼到沒有一家正經公司敢用妳，我不幫妳下決定。」

娜莎硬撐的嘴不再有力氣，年輕的勇氣是很脆弱的，何況是這樣飛蛾撲火般的行徑。

「我沒有想到我和他會走到那一步。」

「但是我看過太多這樣的結局了，這不是他第一次外遇。」秦小姐苦澀的笑了笑，「告訴妳一個八卦吧，妳和他週刊上那張照片刊登之前記者有來知會我，只是我故意不願意花錢買下來，我就要大家都知道，他敢做就要敢當。」

「妳早就盤算好了吧，無論我的態度，妳都不擔心自己的老公會被搶走，是嗎？」

「妳現在有選擇，人不要把自己逼到無路可走的那一步，年輕時候犯的錯多半可以被原諒，可是有些事啊，一旦走錯了，妳要用一輩子來償還。」

「我還真的有一秒鐘癡心妄想能嫁給他。」

「妳這不算癡心妄想，卡蜜拉處心積慮介入查爾斯和黛妃的婚姻，她成功了，可見世界上的事很難說，邪未必不勝正。」

娜莎不可置信地搖頭，「妳太神奇了，妳還鼓勵我！」

「我是對自己很有信心，而且要知道這麼多年過去，世人多半緬懷黛妃，並且仍舊唾棄卡蜜拉的行為，被舉國一半的民眾吐口水，想到這卡蜜拉真的能睡得好嗎？」

娜莎站了起來，嘲諷的說：「有妳在，我是做不了那叫卡蜜拉的女人的。」

「我當作這是妳對我的恭維。」秦小姐掏出一張字條，遞給她說：「這是我的聯絡方式，如果妳有其他需幫助的不要客氣，我能夠提供給朋友的幫助我也會提供給妳，因為我今天是來和妳做朋友的。」

女孩子接過紙條，本來轉頭要走，猶豫了一下，便把那張紙條撕碎，對秦小姐搖頭說：「王太太，妳很了不起，如果我面對的是一個悍婦，我會和她硬拚到底，可是妳不跟我說道理，卻每一句話都入情入理，和妳這樣的女人作對是浪費我的時間，因為我贏不了，但，我想問妳一個問題。」

秦小姐點頭應允。

「就像妳說的，我和他在一起不可能不知道他的歷史，那妳呢，這樣的男人的確不差，有錢，對女人有耐心又充滿了熱情，可是妳更好，妳真的愛那樣的他嗎？他哪一點讓妳願意包容他的一切？」

秦小姐的耳環微微晃動，猶豫片刻，她說：「很抱歉，我一時回答不出來，但我想我之所以會願意為他做這一切，是因為我是他的老婆，我們有共同的家庭，我應該解決他的衝突而不是製造我們之間的問題。」

娜莎的嘴邊竟然浮現笑意，甚至輕狂的笑了兩聲，「妳願意包容他是因為妳是他的老婆，可是妳卻說不出妳愛她，對不起秦小姐，單純作為一個女人的立場我覺得妳很可憐，但我祝福妳和勁鋒，我不會再來打擾的。」

小樂收拾了娜莎的杯盤，連帶那塊沒被動過的甜點，他忍不住看了秦小姐一眼，露出的抱歉表情洩漏了自己聽見的事實。

「你都聽見了？」秦小姐說。

「我不是有意偷聽的。」

「不用緊張，我不在意。」

她指了櫥櫃裡有一個巧克力蛋糕，笑說：「坦白說我心情有點鬱悶，如果你請我吃一塊小蛋糕，我就把我的故事告訴你，你看好嗎？」

小樂喜顛顛的用白瓷盤裝了那塊蛋糕。韓老闆以恨鐵不成鋼的眼神瞥了小樂一眼，知道改不了小樂愛踏足別人故事的興趣，便也從不得不說到了現在不再多說。

秦小姐的老公是個富商，集團第三代。她的婚姻在這個自由到崩潰的時代卻是極其傳統的，她和老公王勁鋒從小就是朋友，僅是朋友。她聰慧敦厚，為人清爽又不驕奢，是所謂上流名媛中的一股清流，而她的教養，卻和紈褲子弟的勁鋒格格不入，勁鋒不是壞人，就是個典型的風流公子，在國外唸書的時候忙著揮霍金錢縱情生活，從加拿大回到台灣後也沒做甚麼大事，在家族企業裡佔一個不管事的閒職，平心而論他倒不會犯甚麼大錯，就是不成材而已，而王家就這一個嫡親的兒子，父母又能怎麼辦呢？父母管不了的，老師教，老師教不了的，讓社會磨練，可一關關下來這男人還是沒長進，既然如此，王家兩老就盼望替他找個老婆來約束他。

「我們得到相親的消息後，半年不到就結婚了。」秦小姐說起這事還忍不住笑起來。

那天在餐館包廂外，勁鋒拉著湘妍滿臉愁容的問：「湘妍，我們爸媽怎麼會聯想我們能在一起呢，他們是不是聽誰說錯，這太荒謬了。」

湘妍看他慌張的神色笑說：「難道你覺得我很差勁嗎，好像逼你要取一個亂七八糟的老婆一樣。」

「不是，是……我跟妳從來沒有那種感情。」

「你的女朋友那麼多，好多都不知道怎麼開始的，你還不是看人家漂亮就追求人家，哦，我知道了，你覺得我不夠漂亮，所以想到要看一輩子就為難了。」

「真的不是這樣！」勁鋒急得舌頭都要打結，「妳怎麼會不漂亮，多少男人想要搶妳做女朋友，妳是太漂亮了，我這麼跟妳說吧，是我配不上妳，妳家世背景好，學歷好，人品好，妳那麼好的人為什麼要跟我在一起呢。」

「你這才不是實話，哪有人看到好的東西不想要。」她抓住勁鋒的手臂，笑著看他，「勁鋒，你老實告訴我，你為什麼不願意？我好奇。」

「因為……我怕妳，妳在我們這群朋友裡太優秀了，不光是我，誰站在妳身邊不被壓下去，要是我真的跟妳結婚，我……我會受不了的，我已經夠討厭我爸從小說我沒出息，現在有了妳，我真的到死都會被人看作窩囊廢的。」

「那你振作起來啊，我可以幫助你，當然，不是說我一定是你的老婆，只是你的心結不是對我的，是對你自己，勁鋒，可是我對你很有信心。」

「妳不要對我有信心，妳是不可能了解我的，我不想振作，我的日子我開心就好了，我要找一個跟我同樣想法的人在一起，我們每天不愁吃穿，開開心心一輩子，甚麼抱負和家族的延續，這都讓我頭腦痛。」

小樂拍了下額頭，說：「那妳不應該嫁，妳已經知道他是個沒有擔當的人，而妳對生活又是那麼有想法的女性，你們就好像不同畫風的人，怎麼能硬湊在一起呢。」小樂硬生生住口，秦小姐的眼睛盯著他，像是被點燃了一小簇火，不是慍怒，而是情緒的波瀾。小樂趕緊說：「我不是說他不成材，只是他肯定沒妳那麼好。」

「剛結婚的一兩年，我都會思考你說的，我不應該嫁。」

「那又為甚麼還是嫁了？」

「一部分是賭，他對我說我們在一起是不會幸福的，甚至還說寧可出家也不要跟我結婚！幾乎要跟我發脾氣了，我那時就想，怎麼會有這種男人呢，他是腦袋不清楚還是故意啊，我不相信我秦湘妍不能讓一個男人對我動心，打死我都不信。」

剩下的，是秦小姐的無所謂。

她從來沒遇過命中注定的人，交往過的三個對象，都差了那麼一點，不是能力、家世或外貌的不足，正好相反，這些人條件都很優秀，可是她卻知道Mr. Right不是他們，所以這次，在合適的年紀她想也許是老天的安排，過去那些樣樣好的男人不也都無疾而終嗎？可見感情是不能計畫和挑選就圓滿的，勁鋒雖然個性貪玩了點，那終究是知根知底，算不上盲嫁。

秦小姐盯著小樂年輕的額角，似有悲涼地說：「所以啊，你千萬不要屈就，或許不僅僅是愛情，整個人生都是，很多時候你以為只是退一步，事實上只需退一步，背後就是無底懸崖，你輕易的讓掉的，不是一步，是整個人生。」

退而求其次，你就再也得不到最好的了。小樂托著腮幫子，他可以想像王秦兩家的婚禮有多盛大，白色玫瑰織就的壯闊婚禮加上權貴賓客的雲集祝福，等於回不去的錯誤決定。離婚？兩個字說的輕巧，但在很多人的價值觀，離婚等於人生的失敗，即便是受最時髦教育的秦小姐，怕心思底也還是一個小女人，否則她今天又何必要和小三喝咖啡呢。

「他第一次外遇的時候，我非常輕易的原諒他，因為他很惶恐。」

「他惶恐會失去妳。」

「他只是惶恐我發現而已，因為他不知道我會做出甚麼行為。」她苦澀的笑：「他大概想我會用厲害的手段給他教訓，他沒有受過甚麼挫折，所以一遇到危機就驚嚇的不得了。」

那天秦小姐對著心虛回家的勁鋒一派平靜，她幫他把西裝外套脫下來掛在牆上，雲淡風輕的像是甚麼事都沒有。她坐在梳妝台前往臉蛋塗抹著保養品，邊說：「勁鋒，你如果想跟我分開，你先去和爸媽說，他們老人家同意了，我們都好談，但如果你只是一時鬼迷心竅，我就給你一句話，下不為例。」她回過頭看著眼神閃爍的勁鋒，「這次你自己把那女人分乾淨，我們就當沒有這件事繼續生活。」

「枉費妳的大度。」小樂說。

「我以為退一步海闊天空，怎麼知道是我把男人想得太簡單了。」

勁鋒第二次外遇的時候，秦小姐沒有找勁鋒大哭大鬧，她一個人在家裡默默無語的淚流了一個下午，晚餐的時候她到了公公婆婆家裡，她交代了勁鋒的出軌，忍著痛，卻不敢連自尊人格都丟掉，於是只能說：「我要和勁鋒離婚，我沒有甚麼要求的條件，反正我和他沒有孩子，一刀兩斷彼此自在。」

那天他公公跪了下來，她嚇壞了，他公公說不出甚麼話，但就是不肯答應讓秦小姐走。秦小姐怎麼勸都沒有辦法。

「湘妍，勁鋒只能指望妳了，我們家最後只能盼望妳，他不是個東西，妳可以怨他恨他責備他，甚至懲罰他都沒有問題，但妳不要放棄他。」她公公如此懇切地說道，這甚至是哀求，秦小姐有甚麼辦法。

勁鋒看見自己的爸爸跪在老婆面前，又羞又愧，他更是不知道要說甚麼。他公公指勁鋒說：「王家可以沒有你這個沒用的東西，但不能沒有湘妍這個媳婦，我不管你外面牽扯甚麼女人，你要敢我帶進家門，或者讓那女人給湘妍一點難看，我一定會想辦法折騰她，既然你不要臉，我年紀這麼大了更不怕丟甚麼臉了。」

秦小姐的公公這麼說，一是證明她的人品是如何的溫厚、能力是多麼的出眾，第二層，便是無奈，往後她怎麼好意思把自己和老公的不合鬧到長輩那去呢。當所有人都支持你，卻唯獨老公不這麼做的時候，她只能責備自己，因為作為一個女人他除了丈夫的忠心以外，她都有了，她是如此的幸運，又如此的悲哀。

把老人家勸起來後，小倆口依舊回自己的家。路上勁鋒對秦小姐說：「妳以後有問題可不可以直接跟我談，不要去找我爸媽，妳看他老人家跪在地上妳好受嗎？」

秦小姐看著車窗外斑斕的燈光，心裡卻是一片黑暗，他知道這個男人是真的指望不了了，「勁鋒，你會心疼爸和媽，你為什麼就不能心疼心疼我呢。」

「我們當初根本就不應該結婚，妳看現在妳為難我也為——」

「——你可不可不要再說那麼不負責任的話了，我們已經簽字已經宴客，我們已經同床共枕了十幾個月的日子，不該結？我不是不願意放過你，是你們家不肯放過我。」她敲了下車窗，咬牙切齒的說：「停車，你現在就掉頭回爸媽家，你跟他們說你是鐵了心要離，你就看著爸媽跪下來，不打緊，我也跪，你也要跪，我們就這樣耗到清晨，他們累了便不能不同意，明天晚上你就能光明正大的帶你的愛人回家，我祝福你。」

車子沒有回頭，依舊向前方奔馳走去。

秦小姐往勁鋒手臂上打下去，「我叫你回頭，這樣的日子你不想過，我也過不下去了，既然你心中有打算，我就配合你。」

「妳別這樣。」勁鋒懦懦的說。

「你給我停車，你是一個男人，你可以花心，你可以劈腿，但你要做得出擔得起。」

秦小姐幾乎要跳車，勁鋒趕緊把車停下，她開門就往回走。

「湘妍，妳聽我說，妳不要這麼激動。」

「我不想聽，你也沒有甚麼好說的，你的意思我清楚。」

「對不起！」

秦小姐瞪著眼睛看他拋出這樣一句話，片刻，仍舊轉過身。

「對不起，我錯了，我不是不在乎妳，只是……我很難專心，也不知道怎麼專情，但是我真的錯了。」

公路上車來車去，像是城市不斷流動的血脈。血脈中有又有城市人鮮血淋漓的巨大無奈。秦小姐只恨自己再回頭，她看見勁鋒跪了下來，無力的模樣像倒在一攤血泊中，他大喊：「對不起，妳原諒我吧。」

她拯救了王家的傷口，從此自己只能不斷的滲血，無人可救。

「我不是不在乎妳！」這樣的一句話，讓秦小姐相信他不是沒有愛，他只是還在學習，學習如何負責任，學習如何做一個婚姻中的男人。那是她第一次對他發脾氣，也是五年以來的唯一一次，她把勁鋒每次的出軌當作是他學習中的錯誤，她就像個充滿耐心的老師，不斷的糾正與包容。

她是癡心妄想嗎？小樂不知道，他只覺得換作是自己，只可能把勁鋒這種傢伙做成消波塊，但他不是秦小姐，他只是一個過路的看客。人生就是這樣，我們總能在別人的遭遇裡覺得自己拎得特別清楚，充滿大智慧，然而我們的人生並未真的順遂，因為也有人盯著我們的故事，直搖頭嘆息。

小樂發現是自己把蛋糕吃掉了，害羞的笑起來。他忽然往門外探了探頭，「妳說剛剛會不會有人偷拍妳們，這樣又要上新聞了吧。」

她睜著一雙好看的眼睛，眼神竟然在笑，「我跟他的情婦正大光明的約在咖啡廳碰面，這樣記者跟拍到了，也寫不出甚麼，哪會有正宮跟小三如此心平氣和坐在一起喝茶呢，說出去都沒人信。」

「妳就不氣嗎？像是想要狠狠教訓一頓小三，或者咒罵老公的心情。」

「怎麼會不氣呢，只是因為無能為力，所以懶得為難自己罷了。」她捧著咖啡杯，像是要用咖啡杯傳遞的溫熱來暖自己的心，「我老公不是不愛我，只是不是只愛我，人都很貪心的，你有很多美金，不表示對很多的日幣你就不心動了，如果你有兩隻手都能拿，誰會不想要呢，他愛我，他也愛很多人。」

「妳的冷靜讓我好佩服，可是又覺得好奇怪，這樣的愛情我從沒見過，和小三當朋友，荒唐的大肚。」

「那是你們的愛情觀都是從電視學來的，感情遇到了問題，就是兩個對罵？或者兩個人面對面談籌碼的溝通？怎麼可能，要有一千種狀況，就有一萬種解決辦法，我改變不了我的男人，我也不會幼稚的奢望他會為了我瞬間改變，所以我只能改變自己的心態。」她盯著小樂說：「你認為我很悲慘嗎？」

「我只是想妳值得更好的對待，起碼他要給你一個值錢的說法，而不是且走且看。」

「很多事情你要不了交代，要不了補償，你只能釋懷然後向前看。」

「可是妳從沒對不起他，他也沒正面跟妳認錯，妳何必那麼委屈，妳是聖人嗎？」

「耿耿於懷然後呢，然後我對他橫眉怒目，他對我由愧生恨，我們就這樣彼此埋怨著對方？這樣事情不會有轉圜的。」

「是愛面子嗎？」小樂想，不，她不是在意這種事的人，大概是有一點不甘心，就像排隊，已經排了三個小時，她想也許再過兩分鐘就輪到她了，她在等老公的眼裡只有她的那一天，無論多久，她都要等下去了。

「在愛情裡我不要面子，我只要好好過日子。」

小欒在冊子上重複描繪著一顆愛心，他說：「韓老闆，你說豪門婚姻是不是多半為難，這不是很奇怪嗎？人家都說貧賤夫妻百事哀，可是那些不缺錢糧的少爺少奶奶也很困難，所以婚姻雖然與金錢息息相關，但幸福不幸福的關鍵卻又不在那裡。」

「你難得有一句話我覺得有那麼一點意思。但是話說回來，對有些人來說是寧可無名無分的跟在有錢人身邊，也不願意享受平凡的幸福，這就是世間最弔詭的地方，道理永遠只是道理，放在現實生活中都難作數。」

小欒偶爾能感受到韓老闆那如一潭黑水的感情，看似不生波瀾，可曾經一定有過水漫金山的驚濤怒浪。

「老闆，第無數次的好奇，你到底甚麼時候告訴我你的故事？不管那是愛還是恨。」

韓老闆盤手靠在牆上，剛毅的臉上有逗弄小朋友的笑意，「那你告訴我甚麼故事，拿憒世嫉俗的年輕經歷跟我換嗎？」

小欒有挫敗的神色，他的手指刮著冊子，忽然間，他瞪著被撩撥起的一頁書紙，恢復精神的說：「我拿一座城市的歷史跟你換，你知道，鳳凰曾經變成人類在人間活過一遭嗎？五胡十六國的年代！」

過年那一天，小樂看見秦小姐和她老公到店裡，兩人穿著入時體面，三十多歲的年輕夫妻，旁人看來只有羨慕的份。

小樂知道她的睿智已經化解了前番她老公的外遇，他不知道這樣的婚姻角力、鬥智鬥勇是不是一種悲哀，畢竟感情的問題解決後，兩個人應該是可以幸福的，只是她的老公不安分，而她太靜定。

無論如何，這個女人用她的智慧從容迎來了一個安穩的新年春季。

從秦小姐的老公跟她說話的語氣和眼神，小樂相信他是多情溫柔的，也許這就是他的好處，也是短處。

「你們好恩愛，我看了都覺得心裡像澆糖甜。」

她眉眼朝小樂笑：「幸福是一件特別辛苦的事情，熬得過就過得起，但是我相信你願意等，就一定會幸福的。」

後來，秦小姐的先生又沾腥，是新的女人，
這次小三還懷孕！那是一個沒有人叫
得出名字的十八線小模，當然在她佔
據了娛樂版頭條後，她的名字瞬間
成了這座城市一時之間最熱門的談資，
王家在自家商場辦了一場記者會，勁
鋒鞠躬道歉，而秦小姐說她選擇
原諒。
總有些他人的愛情，是我們永遠想
不透的寂默。
至於想攀上豪門的小三，和她肚裡
的孩子……你問我再後來呢？那又是
另一個好長的故事了。
幸福是黑夜中綻放的煙花，你滿目的
光華燦爛，她眼底的煙消寂寞。

5/21 樂

節錄自《凰城霧語》

萬物負陰而抱陽，與時光共擺渡的鳳凰由一生二，天地間萌生出威鳳和朱凰。

在白駒使勁奔流無窮盡的歲月中，威鳳落入了六道輪迴。

棲留在翠玉綠梧桐的朱凰望向天空，動也不動的祂沉沉睡去，遠遠望過去像是一座拔尖佇立的晶艷古堡。祂龐大而絢爛的羽毛變成萬家斑斕的燈火，而身上寶石般的焰火氣是荒城生存的喘息聲音。

祂等待著威鳳的出現。

西元三七零年。年僅十二歲的慕容沖親眼見證前燕被前秦大破大滅，一時權霸天下的大王苻堅將其姊清河公主擄進宮中。而東池宴，初相見，慕容沖座車的蘇帳簾幔掀起，少男美色撩亂山昏。苻堅立刻被俊美得不可方物的他驚艷，沒有猶豫，大王將沖納入身側，帶回關中。

慕容沖，自幼父皇以小字鳳皇叫喚他。

大秦天王苻堅寵幸兩姊弟，長安滿城盡是歌謠傳唱：一雌復一雄，雙飛入紫宮。而冰肌自是生來瘦，秋水精神瑞雪標的慕容沖幾乎讓苻堅神魂蕩漾，傾刻間長安粉黛無顏色。但慕容沖從皇家貴冑被迫落為天王男寵，他的不甘與憤恨變成滾滾沸騰的血氣，而此時宿命中的威鳳也展開祂火光色的雙翼，為這昔日皇子鋪墊起腥風血雨、艷霸三山五嶽，權慾登峰造極的瑰麗台階。

迴顧百萬，再顧連城易，佳人一笑千金少。

苻堅寵愛慕容沖，沖曾因不得不參拜下跪而嘔氣生怒，大王就命人把沖跪下膝蓋所碰觸的宮磚連夜拆除，換鋪上厚重而沉甸的金方塊，在大殿上示以群臣，如此榮寵只盼沖能一展笑顏，不再怒目相對。宰相王猛看見年輕的慕容沖如小女子嬌俏的容貌下有藏不住的張牙舞爪，和暗潮洶湧的心計，於是聯合大臣勸說大王務必將慕容沖遣送宮外，否則他不會是滅國禍水，而是將顛覆整個時代王國的暴風猛浪。

來到宮中未滿千日的慕容沖被送出了長安，《資治通鑒》記苻堅封慕容沖為平陽太守。

君還知道相思苦，只恐別郎容易、見郎難。

思念世間傾城色的苻堅聽聞鳳凰非梧桐不棲，盼望終有一日阿房城能盼回鳳皇，於是他種下了春風拂不盡的綠竹猗猗，與三十里的夾路梧桐。

苻堅的心願的確變現，他就這樣迎來了自己的王者末路。

他為慕容沖的栽種的一片綠意清泉吸引了峽海之外的朱凰翩然而至，天搖地動，四聖六凡晃盪，宇宙萬物駭然。朱凰找到了威鳳。

一念三千，鳳凰璧合，風雲變色，皇者俱成。

西元三八五年，正月。慕容沖在阿房城登上皇位，昔日的中山王成了美貌帝主，剎那間錦繡的江山是他絕色下最相襯的華裳。

兵馬倥傯，嗆人的血氣像是噴發的火焰山無窮盡的燃燒著整個城市，濃厚粗黑的煙氣淹沒了百姓的太平。朱凰搖曳，振振長翅，祂飛回了凰城的翠玉綠梧桐上獨立棲息。而失去朱凰的威鳳，失去完整帝王氣數的慕容沖，洗鍊江山的鮮血戾氣更加不可抑制的席捲人間，千古美男走向了他盛極而早衰的結局。

一年光陰未到，西元三八六年，沖死於刀光劍影之下。

擁有威鳳寄宿於命盤的慕容沖做完了匆匆一夢，史稱西燕威帝。

帝主命盡，威鳳飛出潛落海底，變成湮沒在藍色大海中的一道金色光芒。

待廿七個輪迴後，與許威鳳會自涅槃浴火新生，永劫回歸。在一個生命的年輪刻再度下了第十二道痕跡的那天，朱凰會與他相合，十界將重現浮華的刺眼震蕩。

一切未可知。

第6杯卡布奇諾

那些年曾經以「好朋友」稱呼的人，

你還有沒有見過他？

從甚麼時候開始，最好的朋友變成了最熟悉的陌生人。從前無話不說的每個夜晚，每個被填滿的訊息對話框，就像一杯漸漸的冷去的茶，香氣隱隱約約，似有若無，幾不可聞，煙消雲散……

友誼地久天長的神話變成一樁聞者傷心的悲劇，曾經我們可以輕易地說出要是一輩子的好朋友，曾經我們不覺得有一天會不再了解對方生活的世界，曾經我們不能相信彼此將有無法跨越的鴻溝，可是日子長了，年紀大了，我們都信了。

淚光閃閃的說：「當時我跟他滿好的。」

小樂遇見了一對曾經交心的好朋友。

「儷安？」女孩子拔尖的喊，長長的疑問聲裡頭有大大的肯定，她眼前的人有著一百七十公分的身高，穿著一雙Sophia Webster高跟鞋，從高中時代就染成的亮麗金髮，該死的是還要命的適合，就好像她一出生就擁有這頭精靈髮色還會自動發光，翻遍整座台北城，模樣這樣隨性又十足惹火的女人除了范儷安還會有誰，模特兒吧？小妮子心底想。

「小妮子！」范儷安張嘴驚呼，立刻張開手給個頭嬌小的她一個大擁抱，「妳叫我本名，哈哈？我沒想到是妳，我現在工作大家仍用英文名字Adriana。」她自顧自的解釋，一邊看著櫃檯，盼望她的咖啡甚麼趕緊出現。小樂避諱她徵詢的眼光，他有甚麼辦法，天要下雨娘要嫁人韓老闆要慢慢沖咖啡，誰能干涉。

「老天啊，我們多久沒見了。」小妮子脫口，尷尬隨著這句話盤根錯節的滋長在兩人心頭。是啊，好朋友是怎麼越走越遠的？早已陌生的故人相逢，分外臉紅。

「我有看到妳的facebook。」儷安咬著嘴唇，「是我們的工作和生活都太忙了。」

「不要緊，我也是。」

怎麼會有怪罪，早就是陌生到連在臉書上點讚都有些生分的距離了，這些年兩個人都有了各自的生活。高中時代的喧嘩都在歲月裡漸漸的淡定，就像被狂風穿亂的雪花，早就落入塵埃，無跡無蹤。

「好像有點不甘心，怎麼當初那麼好，突然就變成了一般的朋友。」小妮子鼓著腮幫子笑道。儷安晃動的神色，像是嗖嗖嗖忽然被翻起的書頁，猝不及防的愛恨糾葛猛烈撲上心房。

「是呀，被妳一說我好像也疑惑，也不甘心。」儷安露出微笑，空姐般的完美笑容，只是更爽朗真心。

小樂打量著玻璃櫥櫃的兩塊巧克力千層蛋糕，今天就要把他們賣出去，否則就不新鮮了。他揚起七歲孩童般單純的聲音說：「下午時間，我收拾一張桌子給妳們敘舊吧。」兩個人對看，像被操弄的點頭。不用收拾，本來就是請君入甕的一家營利商店，更不會有拒絕，只是這麼多年兩個人都沒先說我很想妳，所以即便在城市的轉角遇見了，心中有萬千洶湧的情懷，也要以三分玩笑七分尊敬的態度來來往往，方能顯露這些年我多矜持多矜貴。

青春時候的憂傷被名為長大的大卡車急速輾壓，喀喀咔咔，我們看著滿地的碎片四處零落，被風漸漸吹走，然後我們長大了，憂傷都被帶走了。

不僅是青春，友誼、單純、善良、信任……這些在facebook能輕易看見的東西每個人老早就都遺失了，忙著弔念的同時卻又熟於習慣，最後把這些過去當成是一杯祭酒，在踏進兵荒馬亂的大人社會前淋在腳邊，告訴這個浮華世界我曾經年輕過，我曾乾淨過，我曾不求結果的真心愛過。

故事的結局，站在咖啡館的兩個女孩是一對好朋友。

但故事的開頭，卻複雜得多，主人公大抵是四個人，她和她，還有兩個他和他，L君和S君。

開學的第一天，模樣像校草、氣勢像男神的L君聚攏了三山五嶽女孩子的注目，同樣一件白襯衫偏他穿出國際品牌的風範，特別是他還特別喜歡微笑，一點也不故作孤高，跟他說話的女同學會說：「你看他真的好親切喔。」他們渾然忘了他本來就是一個學生，是一個路人，親切不是基本配備嗎？只能說在這個看臉的時代很多事情不能計較想太多了。小妮子和所有人一樣注意到了這個出類拔萃的男孩子，她說：「我要他當我男朋友。」這句話的意思就跟她翻《VOUGE》看見一個Hermès的包包說我要拎它在手上是同個態度。

范儷安喜歡L君，小妮子鄭重告訴大家自己喜歡L君，L君喜歡儷安，而他最好的朋友

S君喜歡小妮子。青春就是一群人喜歡把簡單的問題搞得很複雜，為難自己。青春就是把很多光明正大的思想都變成祕密，私相授受。青春就是很多年後想：早知到當初不這樣就好了。

范儷安和小妮子是相對又相煇照的朋友，一個是高冷的波絲貓，一個是活潑的金絲雀，一個是美麗誘人的維納斯，一個是聰慧伶俐的雅典娜。

她們不是理所當然地走在一起的，小妮子討厭儷安，如果L君是男神，是眾人都想伸手拔起來的那根翠綠校草，那儷安就是所有男性動物覬覦的一朵鮮豔紅花。這並不是說小妮子不引人注目，不討人喜歡，只是相較儷安那種滿滿原始誘惑力的美，小妮子則是嬌俏的少女門閥，是身後會跟著三個小跟班的漂亮女孩，愛好排場，喜歡校園裡的爾虞我詐，有人特別崇拜，有人敬而遠之的類型。

兩個條件好的男生，只要價值觀差不多近，看出去的地球是同一片面貌，那他們就能發展出很好的情誼。可是兩個條件好的女生，在資源有限的校園，在秀麗江山妳多佔一角我就少一塊的青草時代，她們就非得爭一爭了，就像迪士尼的每部動畫片都只能有一個公主，妳不會看到白雪和仙杜瑞拉同台飆戲，但妳會聽到小美人魚說：「哼！我才不和沒有主題曲的公主聊天呢。」女孩子是一種很奧妙的存在，你要記得，你要把這句話告訴你的子子孫孫。

他們四個人會在複雜的人流中不偏不倚的走到彼此身邊，躲過暗潮洶湧，沒有擦肩而過，一要感謝上天作弄，二要感謝S君的陰差陽錯。S君和L君做上了最好的朋友，S君覺得小妮子明媚的囂張跋扈像是三月裡光芒萬丈的一支花朵，她也確實說過：「作為一朵花，不怕凋零，只怕沒有鮮艷沒有怒放過。」這樣浪漫又豪氣的閨閣小女子語，讓S君目眩神迷，他立刻有了一個夢幻的想法，他要看這朵小花能不能艷麗出天堂的景色，所以他要守護她，年少的他不知道對於一個女子的欣賞遠遠比愛她還要高尚。

儷安有很多男孩子喜歡，成績好的、運動場上帥氣奔馳的、有錢的、不自量力的、匪夷所思的……每個人都在玩笑話裡調侃自己喜歡她，但很少有人敢真的說愛她，因為美如女神，只可遠觀，褻瀆是會被大家浸豬籠的。雖如此說，但還是有人會冒著被雷劈的危險表露心意。

「學長送我一本書。」儷安把馬奎斯的《愛在瘟疫蔓延時》拿給L君看，書裡又夾著兩張電影預售票，「他準備的很齊全，如果我不愛書，他就帶我看電影，時間又說隨我挑，好像勢在必得。」她讚揚那人的決心，卻又覺得學長挑的書莫名其妙，除非他是瘟疫，聊以自表。

L君搖搖頭，「不夠深刻，這樣怎麼追得到妳。」

「那你說怎麼樣可以追到我。」

L君從桌上揀了一張紙，折成一個小皇冠。他放到儷安柔軟的手心上，瞪著自己的作品哼哼的笑起來，「一個能夠把光芒折給你的人，才能考慮。」

儷安捧著那張薄薄測驗紙折成的皇冠，「你好厲害！還會這個。」

L君哈哈的笑說：「幼稚園老師教的，沒難度。」他笑的時候眼睛也會笑，那股笑意像是甜美的毒藥，就這樣直直餵到了她的心裡去。「妳願不願意把電影票給我，那樣我給妳看更好看的東西。」

儷安交出了兩張票，交付了對一個男孩子萌動的信任。

那天晚自習，L君把儷安叫到走廊，他昂起下巴示意她看向天空，墨紫色的黑夜盛著一塊輕綠亮白的月亮，

「你幹嘛？」

「帶妳看月亮啊，這比電影好看多了吧。」

和他一起望月亮，很美，就像前往一趟向美麗航去的旅途，他們沒有說話的盯著月光，儷安不敢說話，擔心任何一個字會吵醒了任何的不合時宜。

如果可以，她希望他們能這樣倚著欄杆，沒有結束的繼續望著。

他說如果有一個男孩子喜歡的書正好也是妳喜歡的，他喜歡的景色也是妳愛看的，那妳可以考慮愛他，這樣起碼當兩個人找不到話或是不想說話的時候，你們可以看同一本書，思考同樣的世界，有著同樣的悲歡，闔上書本時，他們不用望向彼此，而是望向彼此眼底的那一片景色。儷安覺得L君好溫柔，一個身高一百八十三的男孩子，穿著白色短袖襯衫，他的眼底有溫熱的月光，沒有少女捨得眨眼不看他。

儷安喜歡L君，此情此景，合情合理。

可是小妮子說她喜歡L君，檯面上的宣言，這是一件很可怕的事情，沒有人知道她心裡有其他想法，她自己也不知道檯面上的戲，最後會害了自己一把。只有L君玩笑慶幸，因為小妮子明目張膽的把話立在前頭，讓很多蠢蠢欲動小女生也不敢輕舉妄動了，如此自己便少

了很多拒絕的尷尬。

小妮子喜歡的是S君。在開學的時候她說她喜歡L君，一句玩笑，後來她將錯就錯，是想讓S君吃醋，拿他的好兄弟做靶子，S君就是低頭不見抬頭見，總避不了，總會吃醋吧。她想S君對他有情，只是差一點點衝動，大概就是那首歌唱的：「再靠近一點點，就讓你牽手，再勇敢一點點，我就跟你走。」這她倒沒想錯，只是S君這個人在感情上老實，他想小妮子喜歡L君無可厚非，他倆要是真的能在一起自己也只能祝福。

只有L君知道小妮子對自己是玩笑的。

「妳並不喜歡我，為什麼要讓全世界以為妳對我有興趣？」

「喜歡你又不掉價，我跟你也算是郎才女貌啊，怎麼，難道我的名字跟你扯在一起你很難受嗎？」

「那倒不會，只是我怕他難受。」L君露出得意的玩味笑容，「你們兩個小朋友處在一起別人以為是兩小無猜，我敢說是兩情相悅。」

「女生是不可以先說我喜歡你的。」

「他不會辜負妳，我保證。」

「但我怕我辜負他啊，所以寧可讓他來日想起時知道是自己起的頭，這樣對我也就沒有甚麼好怨了。」小妮子嘻嘻哈哈開玩笑，她很享受感情像雲像霧又像風的曖昧。結果末了她聲嘶力竭地喊：「你還等什麼，時間已經不多，再下去只好只做朋友啦。」

一曲成讖，猶豫太久沒說的三個字，於是只能變成好朋友

L君皺眉的神情像是午後黃昏欲落的顏色，他知道所有的遊戲都該在適當的時後趕緊結束，就像捉迷藏，躲的人無法藏太久，捉的人耐心也有限，而他們的遊樂園也不是永不歇業的天堂。他替S君擔憂，卻忘了自己也是綁著參賽布條的主角。

四個人的感情，她愛他愛她愛他，都隔著一座青澀的山野，都隔著一曲蜿蜒的藍色河流。

他一直有種預感，冰冷黏稠的潮水會覆蓋他們青草般的青春，月光不再柔柔的發亮，它會用冷酷而蒼白的光芒刺亮面無血色的他們，當所有的真相都揭曉、謎底都被公布時，他們早就沒有力氣去戀愛了。那是他一個掙脫不開的夢魘，在夢裡，他們都還在他身邊，他們依然說說笑笑。直到最後，像是衝向天空爆炸的焰火，或者是方向倒置的炸彈，黑色湧動的死水會冷透他們的溫熱的青春，把乾淨的臉龐濺上抹不去的汙點，快樂戛然而止，嗚嗚喑喑的哭泣聲在白銀色的月光下流淌成悲劇的形狀。

十八歲生日，S君對著甜蜜的草莓蛋糕許下願望，他說：「希望我們的青春是本永遠翻不完的書，我希望我們的真心都不會被辜負，我希望我們年輕的臉龐永遠不會被淚水燙傷。」S君的目光移過每個盯著他瞧的人，一個個朋友的小臉都被蠟燭照成馨黃色的模樣。

小妮子笑著勾住他的脖子，笑說：「我把這些意思翻譯成人話，就是說希望我們青春不老，都成老妖怪。希望每個我們愛的人都要愛我們，誰不從滅了他。希望我們永遠好看漂亮，誰也不能讓我們難過一丁半點。」大家嘻嘻笑笑成一片，都說本來他是文藝片的畫風，被她一鬧都成喜劇動畫了。小妮子對他問：「還有沒有願望，今天你生日不要客氣，儘管許。」

他手指抵著下巴，又對著搖曳的燭火說：「三年同窗，看歲月桃李成花，十年春光，盼長路有君同往。」他哼哼看了小妮子，「妳再給大家翻譯翻譯？」

「甚麼桃李甚麼花，不就是句子美了一點想嚇誰，這話不就是說未來十年我們還要繼續嘻笑怒罵，不離不散嘛。」

L君點頭同意她說：「她是話糙理不糙，說得沒錯啊。」

小妮子得意的都要飛起來了，「你以為就你會拽文啊，誰沒讀過國文課本，誰沒翻過古文四十篇，現在都給我舉杯，我們祝他生日快快樂樂，至於他的願望我們樂意成全，君心似我心，定不負相思意。」

「君心似我心！」眾人舉杯相碰，琳瑯笑語聲遍遍。

那年他們十八歲，那天S君許的願望，都沒實現，就像脆弱的誓言，就像點上星火的青青草原，就像命運女神柔柔笑說：「許你琉璃家世才華貌美，不給你無憂年少青春善終。」

那天大家在餐館裡亂七八糟喝了好幾瓶酒，都是價錢嚇人但醉不死人的紅酒與香檳，結束後有人提議去東區茶街混一混，大家心情好，哪裡能最顯露青春荒唐就往哪裡闖。很多年後，這群人無數次經過台北東區，卻不會抬起眼皮看一眼那條巷子，只會快步而過，匆匆逃離。

又喝了一些酒，S君悄悄的對儷安說：「能不能跟妳討一個禮物。」

「不是已經送了，你不喜歡？那還想要甚麼？」

「不要妳再花錢，我只是要跟妳討個心意，你知道他喜歡妳的，妳就答應他吧，我想看你們有情人終成眷屬，好不！成全我這個小小的通俗心願嘛。」Ｓ君想的簡單，儷安沒有拒絕他，卻知道這個願望只能由Ｌ君成全。

各自回家的時候，儷安和Ｌ君走在路燈相伴的街上，她告訴他Ｓ君的那一番話。

「妳相信命中注定嗎？」Ｌ君問。

「我不相信，如果這是你對我跟你感情成與不成的註解，那我寧可你說你不喜歡我，把感情推給緣分，你想有想過老天爺的感受嗎，這個鍋祂老人家不揹的。」儷安灑脫的說。

「我一直覺得青春裡只談愛情就太簡單了，這就是為什麼我討厭言情小說，就是他翻的那些書裡，即便是有層次有深度的，還都有一半我不欣賞的，我的世界沒那麼蒼白，對於感情我有更深刻的期待。」

「我也覺得青春裡只談愛情就膚淺了，看來我們有共識。」儷安走到Ｌ君面前停下來看著他，「那你想要的是甚麼，成績？朋友？更遠大的抱負？」

「就是談情說愛，我也不想談一段不負責任的戀愛，他說我跟誰牽起手都能演起十六集的偶像劇，我當然知道愛很簡單，可是更清楚我們如果無疾而終，那會是四個人的尷尬。」

Ｓ君之於Ｌ君，就如小妮子之於儷安，他有的顧慮和退一步退千千百百步的周全，她也有。但是追根究柢，是他不忍心自私，「也許是我沒那麼愛妳吧。」

「你真的是一個好男人，明明是要恨你的坦白，卻一點也沒辦法討厭你。」儷安走進Ｌ君，兩個人之間容不下第三個人的距離，儷安側頭親吻了他，那是一個很純粹的吻，僅是表示我很喜歡你，僅是遺憾我們還不夠衝動到在一起。

他捧起儷安的臉回應她深深的一吻。

「對不起，我愛自己勝過我愛妳。」L君最後留給儷安的畫面是一個遠去的背影，是瀟灑是英俊是無心是有情，在月光之下。

他們那一大群人，關係攀根錯節，情感交錯縱橫，遠遠看上去是一片花草樹木的清脆芬芳，濕潤的土壤底下卻是互相攫取著有限的資源養分，誰也離不開誰，誰也別想離開誰。

年輕時候的愛情就是在很多年以後被拿來當成笑話說的。

可年少的友情卻會在多年後縫合你早已千瘡百孔的心房。

S君扶著門，他沒有醉，只是歡笑過後要說再見的那一刻總是捨不得，好想再延長半個小時，再延長，用盡餘生的時間去大肆慶祝，處心積慮讓快樂永遠不落下帷幕，就像那些辦演唱會的明星，都說活動結束回到飯店裡一個人休息的那一刻，會感受到最龐大的孤獨，像是所有的光線與注視都被消滅，世界只剩下一個人，一片黑暗。如果說不曾感到快樂，就不會知道哀傷，不知道熱鬧，就不能體會孤獨，所幸時間一久，我們就不會感到孤單了，因為早已習慣寂寞。

S君喜出望外地說：「你怎麼回來了。」

「你的生日怎麼可以一個人呢，除非是你醉倒或是昏睡的那一刻。」L君搭起他的肩

膀，兩個人漫無目的的遊走在被光輝包圍的台北城，
月色有好幾種，有嫦娥奔月的一輪暖黃，有李白對飲的明鏡澄澈，有后主無言獨上西樓看見的寂寞月如鉤，而照亮他們臉龐的月光是白銀洗過的顏色，像是死神鐮刀反射出的嶄亮光芒，緊緊的擁抱住他們。
記得S君他問：「你怎麼不跟我學寫詩做文章呢？」
「學不會。」L君反問：「那你怎麼不跟我馳騁球場學後仰跳投呢？」
「沒學會。」S君被問倒的別過頭笑。
L君哼哼悶笑，過後認真的說：「你一定要成為一個作家，你的才華是老天給你最大的禮物，就像埃及豔后的容貌，貝克漢的右腳，大熊貓的皮毛，所以你千萬不要浪費了。」
S君哈哈的爆笑起來，都說一個人說話要是能用「對方的語言」說話，那這個人必然是知己，和將軍說話只想刀光劍影沙場英勇，和小兒女說話只談風花雪月紅樓錦瑟年華，和S君說話，甚麼浪漫文藝逗趣新鮮先揀來講就對了。S君眼珠子一轉說：「但世事無常，不管是夢想還是理想，都有天不從人願的時候，也許有一天我只能在辦公室裡寂寂寥寥沒有想望的過完大半生，那怎麼辦。」
「你只管風雨兼程的奔向未來，我會用燒燙的青春夾道相送。」
S君揪著他搖，被驚喜的笑：「呦！還說沒學會，你這兩句話多情的程度都可以讓李商隱嚇到吃手手了。」
「這是我對你的祝福，也是我對你的承諾。」

「我知道你不騙我的。」

「絕對不會。」L君的笑容被月光照亮的格外清晰，颯爽好看，這個畫面S君在很久很久以後依然記得，像是膠片定格放大的一幕景色，十足珍貴，一生珍重。

所有故事的最高潮都是令人意外的，因為沒人可以預知。就像讓清廷崩潰的八國聯軍，天堂燃燒失火。就像金融史裡的經濟大恐慌，股票變成泡沫渣子，一夕消散。而他們的故事，就在L君與S君捲入一場社會意外，那天晚上，在街頭暗巷他們目睹了活生生的綁架案卻沒能及時伸出援手，青澀無措的他們變成了輿論撻伐的對象，口誅筆伐，落井下石，人言可畏。

L君終於迎來了他的夢魘，原來故事的結局他早就一清二楚了。

他的瞳孔像是被冰凍的珠子，整座城市被上帝罩上一塊黑色的天鵝絨，鬱悶而壓抑的氛圍，晚間最後一次為夜自習響起的鐘聲，飄飄蕩蕩的擾亂所有安靜的思緒，天空灑下像蜘蛛網一樣的微雨，嚴絲合縫的將從高樓跌落地面的L君包裹起來。在同一座城市的S君，躺在乾燥而柔軟的床榻上，被世界用力排擠的孤獨感像是冰冷的枷鎖綁在他的雙手與腳踝，這時候他不知道有個人用年輕的靈魂跟腥臭的社會做了一個等值交換。

L君拿熾熱跳動的心臟換來S君從此自由的步伐。所有的祕密與真相都被黏稠黑暗的血液層層禁錮，像是溫厚而堅固的琥珀。L君滾燙的青春封印了齜牙咧嘴的輿論。

這個年頭要盛事太平很簡單，只需製造沒有人敢招惹的災難就行了。

S君變成了一個多夢的人，他朦朦朧朧的想：在夢裡，你們都還在我身邊，我們依然說說笑笑。可是醒來後，我沒有看見你們，長夜裡更深露重，我們清楚彼此依舊在這座城市裡生活著，但各自孤獨，各自寂寞，各自迎向不再有彼此的明天。

凰城台北是一塊盆地，裡頭裝著這些濃稠的愛與恨，比女巫冒泡的藥湯還要嚇人，比蛟人灑淚的海洋還要閃爍光亮，所以威鳳曾墮水沉眠，大概祂也不喜歡咆哮放浪的繁華盛世。等到愛恨都結束，等到猖狂的笑聲與悲愴的嗚咽都失去了力氣，祂會在回來的。會的吧，因為犯的錯已經夠多了，所以幸福會到來，在台北仍舊期盼幸福的人兒不會被辜負的。

舊回憶就像一扇被推開的門，輕輕拉開一角往日就嘩啦啦的撲面而來，不到淚流滿面心頭泣血，難再闔上。

小妮子乾澀的說：「儷安，如果再讓妳回到那天選擇一次，妳會不會要他給妳交代，那怕就是一秒鐘，妳也要做他的女朋友。」

L君對儷安說：「我們會在一起的，只是不想太匆促。」

可是，蹉跎了一場浪漫的花期，消耗過一場濛濛的煙雨，眺望完一回溫暖的月光，儷安沒有等到他們牽手的那一天。煥發著白銀色光芒的夜晚，她想：早知道你對我的諾言不能信守，我就不悄悄地等你了，既然要走，為什麼要讓我相信你。她低低嘆息，算了，既然我等不到你，那就讓我愛你吧。

在被長大遺忘的青春裡，我愛你。

「如果有如果，我不會和你們走得那麼親密，我寧可冷冷清清的過完我的高中。」儷安說話的面容綻放出柔軟的笑容，「但是我從來不後悔那幾年是和你們一起走過的，他是我愛過的人，妳是我最好的朋友，即便有一天我們不再日日相見，不再知道彼此生活上的大小瑣事，但我永遠會衷心的，沒有保留的，比任何人都還要多的愛妳，希望妳的每天都是快樂的。」

「我們曾經說好要永遠膩在一起，我真的以為這會發生的。」

「不是我們沒有遵守諾言，而是我們順從時間的安排，我們變得毫無關係是因為我們還要認識更多的人，那些能夠讓我們生活變得更加美好的人，一年三百六十五天，過去我們已經分給彼此太多時光了。」

小妮子笑說：「那……妳有沒有恨過我。」

愛情就像劃過天際的流星，絢爛一時，徒留想念。而友誼就像是閃閃爍爍的發燙星子，很容易忽略它，很容易忘記它，但你抬頭就會知道它一直都在那裡，無論如何，它都在那。

「沒有，不可能會有。」

當了很多年後的朋友，想問的不是你曾經很喜歡我對吧，而是擔心曾經在某個時候讓對方不喜歡。就像是遺失的月光石項鍊，即便再也找不回來，你也希望它在遙遠的地方某個人的手心裡沒有瑕疵的好好安放。

小妮子撲上去給儷安一個擁抱。

當過去的友誼已經不能在擁有的時候，我們唯一能做的，就是不要忘記那些美好的曾經。離開的時候，他們沒有約好下次的碰面，是知道有些人只能在回憶裡好好安放著，即使在碰面，也不過是巧合兩個字，反正彼此都給過對方最真的歲月，一起哭一起笑，這就是年輕時代的友誼，像陶瓷一樣沉甸甸的貴重。

每個仍在身邊的朋友都需珍惜，因為沒有人，會永遠停留不走。

致每個曾經有過好朋友的人們。

他白色的制服抖落在雨水滋潤的
夏天
煥發的他有著薄荷草的味道/瀰漫
了那幾年走錯的教室和喧鬧的長廊
他用測驗紙/折出了皇冠/像摘下牆壁
的花/為她戴上了最美的年華
年輕的肌膚/修長而乾淨的手指/炙熱
的呼吸/他是大山大水裡未乾的墨水
痕跡/不經意的氤氳了誰不經心的
年少曾經
蒸蛋般的青春是一群人匆匆忙忙的愛恨
膠著/他喜歡看她被月光撫摸的笑容/
卻更害怕/我被陽光刺痛的眼淚
煙花的寂寞雪花的落空/威鳳飛走的
城市有天藍色的落拓/窗裡窗外雲來
雲去/黑夜裡我看見裝滿白銀碎片的

台北滿面愁容
長大的那天/翻錯的童話/血色迷離的
暗巷是我們走錯的步伐
誰在低吟優美的驪歌/誰縱容齜牙
咧嘴的銳利飛箭/聽起來多像笑話
他在桌邊看見阮玲玉寫下書信的風姿/
披著華美的袍/北風嘩嘩的風聲/他結
實的胸膛擁抱流言的紛沓
他睡在潮溼的夢中/像被腥紅色的琥
珀層層冰封
用靈魂換來的自由/我住進一所/不能曬
到月光的鋼鐵瓊樓

將往日鋪平/用淚水風乾會痛的傷口/
過後/我們繼續折疊未唱完的傳說

3/24 樂

「青春是白銀色的月光」

「原來那個「他」，叫作祝寅憂。

4/9 樂

第7杯榛果拿鐵

〈青春是白銀色的月光〉

消防稽查人員在咖啡館來回探詢，小樂掛著假意的微笑送他們到門邊，一個舉止老態掛著方框眼鏡的男人說：「你們要把逃生緊急出口的動線圖掛出來，這樣萬一意外發生客人才能應變，還有後面走廊是不是有改動過裝潢？」

小樂扶著額頭，三月剛結束，四月不過乍到幾天，這群人便一刻不遲的又來找麻煩了。哪家咖啡館會在大門口貼上當災難來了要如何奔跑的指南，這年頭難道會在下午茶碰見酷斯拉闖進店裡？或是宇宙飛船磅磅地擊毀了天花板屋頂嗎？哦當然，也有可能咖啡喝到一半突然就有人放了一把火把大家燒的灰飛煙滅，這些機率大概跟安娜貝爾登上Victoria's Secret內衣秀一樣高吧。小樂擺出我想擊敗你的表情，不發一語。

「我說的都清楚嗎？商家能不能配合！」男人疾聲惡劣的說。

小樂感到胸口一陣噁心，心裡的厭惡像是具體化變成了嗡嗡嗡的暈眩，他喘息的大吸一口氣，吼出聲：「你到底想怎麼樣，我不想跟你扯營建署建築法的第七十七條我們到底是遵守還是為違規，反正你是來找麻煩的，何必要繞那麼大彎。」

「我們是依法辦事。」男人與同事們面面相覷，「期限內沒有調整我們就會依相關規定開罰。」

小樂這樣暴跳如雷的叫嚷過後，他們也沒好意思再多說。吊扇細微旋轉的聲音，韓老闆從小倉庫拎著兩小袋咖啡豆，意興闌珊的朝他們望一眼，每個人彷彿都是來自不同的時空帶著不同的情緒，卻是面對同一件事情。

小樂擺擺手，眉頭糾結的蹙著，「走吧走吧，反正你們是還要來找碴的。」

過後，小樂跑到洗手槽頭低低的嘔吐起來。

韓老闆說：「聽過氣急攻心，卻沒見過憤怒到嘔吐的。」

小樂把脖子昂起，光是這個動作就讓他累到不行，「壓力太大，這陣子都在煩這件事，他們來的頻率絕對不屬正常，說我們這邊有缺那邊又不合規定，不說其他遠的地方，我就是附近這幾店轉轉，一般小店誰不這樣。」小樂拿了針織縝厚的抹茶色毛巾擦乾臉上的水，「除了他們還有國稅局！竟然說我們營業額超過二十萬要開立發票，胡說八道，一個個單位像約好的吸血鬼，就是要來榨乾我們的。」

「難道沒有超過那個數嗎？」韓老闆挑眉看小樂，自有定見的笑，他倒了一杯檸檬水給小樂。

小樂對韓老闆從一分畏懼兩分蠻纏，到七分搗蛋萬分不怕，就像小孩子不斷試探父母的底線，時間久了，也就知道扯哪根鬍鬚死不了人，別採老虎尾巴就好。「就一個月有這個成績，那還是我們接了三次包場，我容易嘛我，好不容易到今天有這樣的心血！」

韓老闆劃開咖啡袋，叮叮咚咚的豆粒滑進玻璃容器，他說：「這其中不過是有人忌妒不辭辛勞地到處檢舉而已，早告訴過你，你用盡心力在網路放消息在地方做行銷，招來了客人，也引來了仇人。」喀地一聲，韓老闆的大手闔上蓋子，「不過這也算是肯定你的成績，沒有人眼紅怎麼能證明生意的風光。」

「你到是看得淡。」

「我才奇怪你怎麼放不開，好像這間店是用你親手打造的一樣。」

「咖啡館賺錢我也賺錢呀，而且不說營利問題，被那些競爭對手搞小動作本來就讓我很不爽了！又不是幾百萬的生意，大家都是賺小錢的，何苦互相為難，簡直欺人太甚。」

「做不下去就收吧，怕甚麼。」

小樂跑到吧台面前，撐著桌面看韓老闆對看。「你說甚麼？」

「店收了，就能做其他想做的事情，我年輕的時候一直想到很遠的地方，旅行或定居都好，我去過波士頓，為了念書，到了蘇黎世，為了工作，最後還為了戀愛，在東京待過一年，可是那些地方其實都不是我想待的地方，都太繁華，都太吵鬧。」

小樂一支手托著臉，「那你想去哪，看蒙古的戈壁，看亞馬遜的叢林，還是看樸實無華的不丹。」

「我想去人煙罕至卻能散步的地方。」

小樂把從前在地理課本看過的地方都想了一圈，覺得能符合韓老闆心思的有兩個地方：陷落的王都隱城，崩塌的高山古剎。「哪有這種地方。」

「有，只是絕對不在台北。」

「你不喜歡台北？」

韓老闆先是沉默，片刻才盯著牆壁說：「喜歡過。」

他拿出一個透明資料夾，裡面裝著三家公司的基本介紹和名片，一家百貨的公關部，上海遊樂園的企劃組以及獵頭公司的高級特助。他獨獨拿出獵頭公司的那張主管名片，「這是我的朋友，我把你的經歷大概跟他說了一些，他挑了近期適合你的職缺，都是一週內你可以直接到單位詳談，條件待遇也在水準之上，不過憑我跟他的交情既然我開口了也不信他會委屈你，你自己看喜歡哪間，琢磨幾天就去吧。」

「你是在趕我走？不是吧韓老闆！我幫我們咖啡館利潤翻了身，我是有價值的，你有甚麼不滿意要遣散我。」

「才剛覺得你是聰明的，結果怎麼想法這麼幼稚。」韓老闆把資料夾摺在他《凰城霧語》的冊子之上，「正是因為你有價值才不要耽誤你，你現在是心甘情願地在店裡瞎忙活，可再過兩三年，你就發現不值得，你就會怨恨為什麼在可以向上發展的年紀裡要待在這麼沒未來的地方。」

小樂手指縮在手心，頓時有些恐慌，「老闆，我謝謝你，但我不想離開，我很喜歡現在的生活。」

韓老闆的手掌壓在資料夾上，「你以為我託人替你找工作是一件小事嗎？那些位置只要你好好做，都沒有天花板能攔住你，你要有真本事一定能夠走的很遠的，那才是你的事業！」

「我不要。」小樂脫口而出。但再給他三分鐘，他也只有這個答案。

「你會後悔的。」韓老闆把小樂手中的毛巾咻地抽過來，無奈的瞪著他說：「真沒出息啊你這小子。」

小樂沙啞地說：「就是要走，我也不會在咖啡館有麻煩的時候離開，這樣多像逃跑。」

「這些麻煩都不叫麻煩。」

「既然有人讓我不開心，我就要解決他，我會解決他的。」小樂揀起資料夾貼在胸懷，「等我解決眼前的事，再來思考你的好意吧。」

秋陽低低的叫兩聲，小樂掐著太陽穴，不知道下一步該怎麼走。

「不想喝咖啡卻又想買咖啡的時候真的很傷腦筋。」在櫃檯前盯著牆上黑板菜單的年輕女子說。

「那就點個像飲料的咖啡吧。」小樂換上服務業和藹的笑容，也跟著女子一起望著菜單說：「點拿鐵怎麼樣，沒有人不喜歡拿鐵的。」

女子摸著tiffany玫瑰迷你碎鑽耳環，眼睛一亮說：「你們有榛果拿鐵嗎？」

小樂急速的在腦內運轉店裡有沒有榛果糖漿，起初韓老闆拒絕炮製名稱百出的調味拿鐵，甚麼巧克力海鹽薄荷杏仁……韓老闆說那叫「譁眾取寵」，後來小樂在大賣場發現有綜合販售的糖漿包，於是當偶有客人發出創意要喝「與眾不同」的拿鐵時，小樂便會在韓老闆要完成拿鐵的杯子先倒下糖漿，任務達成。

「有喔！」小樂從櫥櫃裡的罐子拿出一包像番茄醬包裝的糖漿，「你喜歡甜的咖啡？」

「不是我，這是我男朋友最喜歡的口味。」她聳聳肩笑說：「曾經的男朋友。」

神采明媚的年輕女子，她叫——方才媛。

小樂心滿意足的把咖啡端上吧台，雖然只是多了一包糖漿，卻能提高四十五元的售價，這就是小確幸。

一條吧台四個位置，她在最右邊，小樂在最左邊。才媛本來盯著手機，錯以為小樂視線是望著自己，抬頭才發現他是皺著眼皮和玻璃門外毛茸茸的薩摩耶犬遙遙相望。

小樂發現她盯著自己，趴在桌上移動眼光回看著她。

才媛清了喉嚨，找話說：「你氣色不好，愛熬夜吧！年輕人最愛打亂作息不顧身體，多少人就是這樣熬爛掉了。」才媛從紫色Bottega Veneta編織包掏出兩小袋DHC的維他命C和B群，斟酌了下，又把一罐膠原蛋白放到桌上，「這都是我隨身帶著保養吃的，也剩不多，你拿去，要是吃了覺得好的話自己照著買，多愛惜自己吧。」

小樂拎起包裝，捏了兩下袋子搖搖頭，說：「又不是幾十塊的糖果，我不好意思收。」

「你要真不好意思收，不然請我喝咖啡？」

「那不行！」小樂立刻精神抖擻地否定。

才媛哼的撇頭，心裡覺得好笑。

她會這樣關心一個咖啡店店員，並不是她是個善良的人，當然這不是說她是大壞蛋，而是她從不會做多餘的舉動，突如其來的善意，對她來說就是多餘的舉動。不過半年前一場遭遇，她愛過陌生人的善意。在被雷劈開的大雨天，在信義區獨自逛街的她匆匆忙忙躲進了飯店，就恰好，在百貨的旁邊除了與天相接的廣場，還有一棟W HOTEL。

紙袋被淋濕的她哀怨的站在大廳，被朋友爽約，精品店勢利的店員以為她是虛張聲勢無法負擔昂貴消費的少女，心情鬱悶的時候又被暴雨羞辱般的擊打……這一串人生不如意十有八九之後，剩下的一二就來了，很大力的。一個年輕男人徑直走著用胸膛撞向她的肩膀，才媛沒拉上拉鍊的小背包從肩頭唰的落到手肘，裡頭的小瓶罐唇蜜，粉餅盒、錢包……未旋緊的睫毛膏竟偏偏沒摔到地上，而是在包包裡以磅礴的姿態渲染了米黃色的內襯，她根本來不及橫眉怒目，只是徹底矇了，難道今天是她人生的劫難嗎。

貌似情急而萌生的一連串日語，年輕男人輕輕扶著她的手一邊說。才媛只聽得懂他最後好像是說：「すみません.」

「你這個王八蛋！」才媛哽咽地吐出這句話，睫毛眨巴眨巴的。

「唔？」年輕男人詫異的也眨了眨眼睛，不敢置信的說：「妳說甚麼！」

才媛露出哇的驚嘆，冷笑一聲索性把背包和袋子全扔在地上，盤起手笑看著這個男人，直說：「你了不起啊，我本來還想撞上外國人我就算了，當作國民外交，結果你竟然假裝外國人，濫用我的同情和禮讓嗎？簡直不要臉。」

男子恭屈的身子站挺，臉上不再有剛剛匆促的神色，「我是真的很不好意思撞到妳，但是我跟人約好，不想耽誤所以才出此下策，對不起。」

「你跟人約好又怎麼樣，就是談生意出了意外你也得給我好好解決才走人，趕甚麼趕，你是跟人約生孩子還是上床啊，莫名其妙耶你。」

男子露出荒唐的笑容，雙手掠過西裝放在襯衫的腰際處，「我要是真的跟人約上床你能不能放我走啊？我不在這裡跟妳大吵大鬧，你不嫌丟人我還怕丟臉呢。」

「他也太不走運了吧，撞到如此不走運的妳就很可怕了，心情不好女生都會黑化攻擊力加五千的喔。」小樂和她一搭一唱的聊起來。和陌生人分享自己的曾經，有時候甚至更容易毫無保留的傾訴，因為在信任崩壞的時代，只有萍水相逢的角色才讓人放心，反正是過站不停的風景。

「後來怎麼樣，妳讓他彎腰賠罪還是掏錢包賠錢。」

「他請我到三十一樓喝酒。」才媛露出一個像狐狸的漂亮眼色，「雖然他不經意撞了我很該死，但他是個帥哥，而且是個出現在高級飯店的帥哥，所以他具備讓我原諒他的條件。」這是謊話，才媛不喜歡把故事渲染的過度浪漫，她喜歡現實的奢華卻不愛飄渺的夢幻，所以，明明那個男子是跟她吵完架後，默默的笑說：「妳一定有很糟的一天，是我不好。」這樣的促不及防的善意，他問她願不願讓他請一杯酒，她可以坐下來後接著罵。她沒有照實說，以防小樂聽成了浪漫的邂逅，一切都很平凡，不過是都市男女的恰好遇上罷了。

小樂嘖嘖的說：「我怎麼覺得他是會圖妳的美色。」

「他不會的，一個男人有錢，有閒，自己也有幾分容貌的時候便不會太覬覦女色，起碼我遇到的男性都是這樣。」才媛舉起杯子，巴掌大的臉被遮住一半，她竊笑的對自己嘀咕：「比如祝賀，比如洋洋，都是這樣的。」

而才媛覺得那個年輕男子是有誠懇的，他們各自點了一杯飲料，男子立刻撥打電話，對另外一端的人說著自己臨時有事，改天再約，滿滿的歉意，但才媛聽出他話裡還有刻意的溫柔，看他西裝正經好看，還以為是談生意，原來是約女朋友或女的朋友呀。他掛了電話才媛取笑他說：「把女孩子帶來啊，你正大光明的解決意外，她應該為你驕傲的。」

「甚麼女孩子，那是客戶，反正我也遲到了，到了也會讓人不滿意，不如下次再好好表現。」男子舉起酒杯，挑眉一笑，「托妳的福，我偷個懶。」

「也是，從前跟人簽合約要是碰上老男人我們也少不得撒兩個嬌，你說我們這些青年怎麼在社會都混得如此風塵。」

「出來賺錢，人人都是在賣的，只是衣服穿得多穿得少，賣的對象夠不夠高級而已。」他很瀟灑，他很直爽，他很帥，黝黑的肌膚與乾淨的白色襯衫形成強烈對比，頭兩顆扣子敞開，底下是精瘦的胸膛。

「妳那天是撞好運了吧，這算不算是艷遇？妳有沒有對他心動？」小樂彷彿在看一部要進入重點的感情電影，投入的問。

「我有短暫的迷戀過他。」

「既然心動，為什麼不好好發展？」

「不是所有的心動都能夠抵達愛情好嗎？而且我想是因為『美麗的錯誤』才讓我喜歡他的，如果我們是被朋友介紹，是在沒有曲折的商業會晤上碰頭，那我只會對他微笑，收下他的名片，然後在回家卸妝的那一刻忘記他。」

「真是一座斑斕的城市呀！給人那麼多好看的意外。」小樂向才媛挪近一個位置，「妳對他一無所知，這樣的迷戀不危險嗎？妳感到很快樂嗎？你們是不是逢場作戲，我好難想像這種陌生的知遇，也許……是我都悶在咖啡館吧。」這句話說完小樂就有了答案，無須想像，他就體驗過，有些人的出現不用太多鋪疊，眼睛對望嘴巴說話，有了喜怒與哀樂，就是相識了。

小樂打開門讓秋陽溜進來，看著牠傻呼呼的衝自己笑。

「正是因為我對他一無所知，所以我才確定他跟我相處時的快樂是真的，也只當自己快樂的時候，才能把快樂感染給另外一個人。」才媛舉起三根手指，「我跟他不僅只有一面之緣，我們有三次的相遇，用於意外，用於想念，用於告別。」

才媛相信那個年輕男人還擁有真心的緣故，是因為他喜歡一部卡通。

她想一個理解世故，卻又還在心底藏著幼稚的男人，不僅是可愛，還有忘不了得天真。

「如果，我是說如果，我邀妳去旅行，妳會不會跟我走。」最後一次碰面仍舊是在W HOTEL，男子看著大面鏡子裡濕髮出浴的她，沐浴乳甜膩的香氣被吹風機烘焙成馨黃色的溫柔，他拿大毛巾輕輕的壓著她的濕髮，動作熟練而細緻。

「你想去哪，去看巴黎像油畫的天空，還是布達佩斯被點亮的多瑙河？」

「靜岡。」

「日本？」

才媛手指貼上他的面頰，輕輕摸過他的眉毛，這個男人的確有幾分日本臉孔的俊秀，也許他真的是個日本人？也許他是個混血兒。「為什麼想去那裡，那是你的家鄉嗎？」

男子笑著搖搖頭，爽朗的像個無瑕的十七歲少年，「只是那裡有櫻桃小丸子的列車，我一直想去看看，看那輛粉紅色的車子會跑到哪裡？」

才媛怔住，她像小鴿子呵呵的笑，她在男子的臉頰上親了一口，她喜歡有傻氣的男人。

「妳不會陪我去對不對。」

才媛依偎在他肩頭，她知道這是他們的最後一面，必須這時候說出道別，這樣才能笑著看著對方消失在人流之中，如果再晚一點，就會捨不得，若到那時候再讓命運決定他們的分分合合，不值得。

「對。」

露水般的緣分，開過如霧氣的花，美麗就過好。

「沒有一丁點恨意或厭惡的愛，多棒，我覺得這樣的回憶太珍貴了。」

才媛想到最好的比喻：輕輕的一個吻，已經打動我的心；深深的一段情，教我思念到如今。一個是愛看小丸子的男子，一個是愛喝榛果拿鐵的男孩。

「換作是我鐵定會惋惜。」小樂說。

「那就當作是上輩子的記憶好了。」

如果小樂還在公司當公關，他就不會穿著芥末黃色的毛衣，梳成小呆瓜的劉海或者過於年輕的飛機頭，他也會像是才媛這樣時髦而銳利的青年，在外面為了一件合約倒騰本領，張牙舞爪，但是現在的他只需要勾心鬥角於今天的咖啡是否少賣了兩杯，雞蛋是否漲價，客人有沒有被他豢養成熟客，其他的與人你死我活的絕技，他好像都忘了。

小樂把被附近店家檢舉，有人刻意找關係刁難的事情當作談資與才媛說。

「真下流耶！競爭就是揭發人性醜陋的一場遊戲。」

小樂喃喃的說：「人在帝都皇宮裡鬥的是家國大天下，在朱門深宅裡鬥的是富貴小人生，從前在企業中我爭的是不能輸人的壯志凌雲，今天在咖啡館裡我爭的是繼續過下去的一口氣，才媛姊，難道我真的是越活越沒出息了嗎。」

才媛刻薄的翻了一個白眼，「別叫我姊，我跟你差不多年紀吧，別以為罩個羊毛衫就裝高中生了。」她笑小樂又是一個傻子，「你不是沒出息，我就納悶怎麼有才的人都偏偏愛與世無爭，顯得好像我們這些愛與人爭長較短的人都沒能力一樣，我那個愛喝榛果拿鐵的前男友，他也是這樣，到手的獎賞，不過沾上一點血就不要了，一點剛性都沒有，這怎麼成得了大事！」

才媛重新把手機拎起來，在好少用到的通訊簿滑動著，「不過啊，你這件事他可以幫你。」

「他怎麼幫我？」

「與世無爭的人分三種，一種是本身強大目空一切所以不爭，另一種是無能為力無法掙扎所以不爭，還有一種是家有門楣祖上庇蔭，自然不用與人爭，而我的這個朋友就是第三種，有個好爸爸。」

洋洋捧起榿果拿鐵喝了一口，溫潤又甜滋滋的液體滑過喉頭，他露出一個愜意的笑容，「我還以為會是我先連絡妳，沒想到是妳先約我喝咖啡。」

「省省吧，要是我不找你，估計你一輩子都躲著我們。」

洋洋主動問了他們的朋友，祝賀，太亨，還有不知道是否已經回到台北的宋承翰與程喬，他們最後愛上了嗎？他們最後都在這座城市裡找到幸福了嗎？彷彿是他從前看一半的小說，現在充滿好奇的要把後續讀完，急匆匆，興匆匆。

「你怎麼就不問我過得好不好。」

洋洋見她依舊是只懂怒放而不知收斂的一朵紅花，自然知道她生活安好，事業順遂，不過仍問：「那妳最近好嗎？」

「你跟我那麼久不見，我說好，覺得不能表達這段日子發生的所有事，說不好，卻又違背事實，我實在不知道該怎麼回答你。」才媛跟洋洋的戀情，是她目前人生裡最用情的一段關係，也是她動腦卻沒得到的唯一失手。她對洋洋說至今她都還是困惑，明明互相有情有愛的兩個人，為什麼最後卻不能走到一起。

這個問題，在洋洋心中多少想過，也在經過數百個日子的沉澱而洗鍊出一個鮮明的解答，他說：「我想這輩子我都會被妳這樣的女孩子吸引，可是永遠，我都不會再和妳這樣的女孩在一起，因為已經走錯過一次路，沒有勇氣再走一遍，哪怕你知道盡頭是天堂，也還是擔心會在途中跌倒而摔進了地獄。」

「我是你的錯的人，還給你造成陰影呀。」才媛調侃，心微微酸澀。

「我不這麼想，我只認為，妳也曾經是我對的人。」

才媛是主播，已經到了要進電視台準備的時間了。她盯著洋洋，想起當初一起初進社會的日子，熱氣蒸騰的時光畫面，彷彿還能被那時候的愛與憂愁給輕易燙傷，但仔細一想，卻又早就是涼透的舊日了。

她瞥了一眼小樂，對洋洋說：「你這件白襯衫很好看。」

洋洋低頭看了自己衣襟，呵呵說：「這個呀，我翻儲物間找到的，我爸大學穿的舊衣服被我揀來穿。」

才媛翻了一個行雲流水的白眼，「你爸大學的老衣服是Valentino 18年的春夏新品？你爸演穿越劇的？」

洋洋露出一個「饒了我吧」的眼神。

「投胎真是一門學問，有個好爸爸，氣都能少喘兩下。」才媛搖頭一笑，單刀直入地說：「叫你來是想請你幫個忙。」雖是求人，她卻沒有半分不好意思的臉色，反倒是理直氣壯，「你是不是覺得一年半不見，我一碰面就是找你辦事情很不應該。」

「我喜歡妳不客套，這說明我們的情誼夠深夠真。」

才媛拎起包包，對小樂說：「他會幫你處理好那些問題的。」

「你就這樣替我應了人家，萬一我辦不到呢。」洋洋尷尬又好笑的說。

「如果你沒有那個本事我也不會找你，的確，你是有可能辦不到，不過這全看你有幾分心囉，看在這裡的榛果拿鐵挺好喝的，你不會忍心讓它消失。」過後才媛緊緊捏著手機，推門離開。

洋洋背倚著吧台，長長舒一口氣，他看著小樂笑：「你不知道，跟她見面我也緊張。」

「你們倆是我見過最速配的前男友與前女友。」

洋洋不知是喜是悲的笑笑，他在店裡走走晃晃，聽了小樂把「麻煩」說明白道清楚。他其實對小樂有點欽佩，就實務上來說他把咖啡館打理得有聲有色，很機動又隨興的經營方針，這樣的營運方式雖然也只適用在小店舖，但隨心所欲掐準時機的浮動手腕，還是要看真本事的。他在一面貼著美式銅板的牆轉過身，朝小樂說：「我最近又回學校讀了管理，所以關於你略為提到的營銷方針我很感興趣。」

「飯店經營？還是工業商學。」

「那些太死板也太有難度，我學的比較活潑，或說比較新穎，是運動與健康產業的管理，雖然這些類項偏重不同，但核心卻是相近的，所以我覺得你有點厲害，我應該來這裡給你打工，偷學一些靈活經驗。」

洋洋回頭，拿起《凰城霧語》，他抓著書頁像在徵詢小樂的同意。

「裡頭是咖啡館的歷史，或說是這座城市有情的歷史，好多人紀錄著他們知道的故事，我不曉得是第幾個接手的人。」

小樂從書頁微微敞開的那頁翻起，卻愣在那兒。差點就要嗆著，「你怎麼會有這首歌？」

「歌？」

小樂接過冊子，看見那首寫於三月二十四號的文章，他以為是一首新詩，「是一段故事吧，客人告訴我的，我覺得文字很特別，或者說很有意思，就隨手抄了下來，你也知道這首詩……我是說這首歌？」

「客人，甚麼時候來的客人。」洋洋又意外又驚喜，人像是被時光推進了星光爛漫卻冷風呼呼凜冽的夜晚。「你說的女孩，是不是有著一頭亮髮，身材很高挑，或是個頭嬌小，臉孔像娃娃卻說話有點盛氣凌人的女孩。」洋洋都不知道自己在說些甚麼描述，何況長年不見，滄海桑田，容貌可能不變又或天差地遠，他焦急地想表達自己的腦內畫面，「總之無論是哪個，都很漂亮，是真的往人堆裡一放還是很出挑的那種漂亮。」

「不是你說的那樣。」小樂跟著他面容糾結，「不是！是你的沒錯，不過不是她或是她，是她們！」

洋洋止不住搖頭，真是捉弄人，到底是城市太小，還是緣分太深。

洋洋撫著書頁，一個個被寫下的字，他悵然地說：「你知道嗎，這是一首能唱的歌哦，〈青春是白銀色的月光〉。」他低低的哼起，像是一首翩翩搖曳的小情歌。小樂覺得適合在微雨後的下午或者沒有風聲的夜晚播放，輕輕柔柔的語調，濃濃深深的情緒。

「竟然是你寫的，太可怕了，被傳誦的文字找到了他的主人，可是我卻是最高興的。」小樂興致高昂地說，「你可以告訴我這個故事嗎？我一定要知道，我還要把他寫在歌詞後面，太精采了，那個『他』到底發生了甚麼？你們一群人都擁有甚麼轟轟烈烈。」小樂忍不住一個提問接著一個。

洋洋佇足想了想，說：「那我們交換，你告訴我一個故事，我就告訴你『那個他』的故事。」

當故事開始被述說，小樂先問：「你甚麼時候寫的。」

「一個被夢驚醒的午休，我從來沒有在課桌椅留下過一點痕跡，因為我覺得任何的塗鴉都是不道德的，流水的學生鐵打的教室，何必把自己的幼稚留下證據給更幼稚的人嘲笑呢，但是在一個想念他的時候，我做了一個夢醒來，接著我在自己的桌子上寫下了這段故事。」

「一蹴而就？都不需要來回修改嗎？一個午休是那麼的短。」

「不需要，因為不是要矯飾完參加文學獎的產品，只需要很直覺的把我們和他的片段簡潔的說出來，後來，我們的一個朋友譜了曲，還記得本來他是編成輕快的流行曲調，只是我們唱起來都有難過，所以跑了調、變了味，這首歌最後也跟著畢業那天一起湮滅了。」

「你可以再唱一遍給我聽嗎？」

哼了前頭兩句，洋洋像咳嗽一樣笑出聲，「對不起，不能再唱了，原本以為不會再難過，可是這段旋律還是太深刻。」

「也許，這樣情深義重的歌曲能讓鳳凰喜歡哦，傳說祂會被美好的音樂吸引，你聽過嗎？秦穆公的女兒弄玉，曾因為笛聲找到了老公，而他的老公蕭史教授她鳳鳴般的簫笛聲，琴瑟和鳴，還真的把在仙山的鳳凰引了過來，這個故事也被大詩人李白寫成了〈鳳台曲〉，嘗聞秦帝女，傳得鳳凰聲……曲在身不返，空餘弄玉名。」

小樂把冊子翻開，找到了記載吹簫引鳳的段落遞到洋洋面前，他看的認真又充滿趣味，「故事倒是別緻，但是鳳凰？我們現在哪裡有鳳凰？」

「台北呀，你知道我們城市原本住著一隻鳳凰嗎？」

「上古的時候台灣這座島嶼是龐大的仙山，而台北的位置擁有一棵翠玉般的梧桐樹，天地靈氣之所鍾，鳳凰受召喚而駐足棲息，兩千多年後，威鳳走了，留下朱凰獨自盤旋。」祂看日月升降星河涼淌，祂看濛濛秋雨鬱鬱盛夏，這座都城的文華與璀璨是祂流麗徜徉的尾巴，祂看歷史很長，也許有一天城市會再燒起黑影般的狼煙，繁華變成摔碎的琉璃瓦一片一片橫躺在地，但是朱凰不會飛走，因為祂相信威鳳會歸來，祂給予人們幸福的可能，同時也等待自身再一次圓滿的時刻……

洋洋津津有味的翻往那一段段鳳凰傳說的篇章，聽著台北凰城被不同地方不同血脈的人們傳頌的歷史逸事。

「那祂跟幸福的青鳥有甚麼不同？」

「我想應該是更漂亮吧！」小樂這樣說。兩個人相視而笑。

神話是遠古時候的童話，是夢想與幻滅的相互掙扎。

「那個『他』，叫甚麼名字！」小樂臉色頓時充滿愧疚，「對不起，我不是在揭你瘡疤，而是我希望寫進冊子裡的時候有一個名字可以稱呼他。」

洋洋嘆氣，輕輕地揚起笑容，「祝寅憂，祝福的祝。」他在冊子上寫下這三個字，小樂微微一驚，「樂以忘憂的憂？」

「是，跟他相處的大多日子，我都不覺得他是個憂愁的人。」

小樂為寅憂的驟然離開而失神，洋洋只想：「對我們來說，寅憂不曾真正的死去，他只是消失在我們的生活裡，卻住進了我們的心中，然後寸步不離的陪伴我們，以永遠青春不朽的模樣。」

「我明白，會毅然決然離開我們的人，都是對我們最好的人。」小樂嘆息問道：「她們是紅著眼眶說著他的故事，為什麼你是笑著說。」
「因為那段日子，我幸福過，也開心過。」
「看來他偏心，對你有點死心踏地的喜歡呀。」小樂刻意調皮的說，不想哀傷。
「有一種喜歡，超越了邏輯，超越了慾望，超越了生命，他的確是那樣在意我的。」洋洋唰的轉頭向他笑，「但那不是愛，如果只是愛就太簡單了。」

有些人的出現並不是要陪你過日子的，他只是想告訴你，活著度過每一天你就會遇見這些那麼好的人，然後感受到幸福原來就是這一回事。

「小樂，威鳳還巢的那天，你可以通知我嗎？因為我想要相信這個故事。」
小樂頓頭，「我以為你不信！」
「我不會，既然有恐怖的都市傳說，為什麼不能有幸福的都市神話。」
「好，到時候我會準備你喜歡的榛果拿鐵等你的。」

韓老闆看見小樂趴在桌上睡著了，他摸了下小樂的額頭，他看最近這小子總病懨懨的模樣，還以為他是感冒還是發燒了。他對小樂說：「你為什麼要那麼費心費力，還真的把這裡當成是自己的店了？」

恍然睡著的小樂爬起來，手上捏著的筆落在桌面迷矇的看著韓老闆。

小樂露出了滿意的笑容。洋洋不負所托，他好爸爸輕輕的「問候」，小爭小鬥的刁難立刻魂飛魄散，不再存在。

小樂扶著脖子，「當然，我又不是替你打算，我是為自己好，好不容易這三個月營收正要大起的時候，禁不起一點風浪，一年也才十二個月，少賺一個月慘賠一個月，夯不啷噹半年就沒了，我才不允許這種事發生。」

韓老闆悶悶的笑，「你看起來累了，今天就早點回去休息吧。」

「好。」

韓老闆拿起那本簿子，手指摩娑書頁，沉默著看過每段被寫下的故事，「你為什麼那麼喜歡紀錄那些人的曾經？」

「我只是覺得動人的故事都該被珍藏。」

「是你很寂寞，還是這座咖啡館讓你無聊了？」

「才沒有！」小樂急促的回，他現在沒有力氣和韓老闆爭論是否該離去的問題。

韓老闆第一次專心的看過這本冊子，他說：「只有寂寞的人會留心外面的世界，因為自己沒有甚麼好關注的。」他看著年輕小樂，想其他在別人的故事裡熱淚盈眶，不如為自己踏實的掉一滴眼淚，比如去談一場轟轟烈烈的戀愛，到遠方看看沒見過的風景，和一些有意思的人恩怨糾纏至死方休，這都比整天泡在店裡埋在冊子裡好，「這樣下去你會悶壞的。」他把冊子交到小樂手上。

小樂放在桌上，「那就請韓老闆再變得更有趣一點。」

「你還沒睡醒吧。」

小樂捧著本子，「老闆，你到底甚麼時候要告訴我你的故事，我太好奇了。」

韓老闆盤起手盯著他，襯衫袖子因為鍛鍊的手臂顯得有點緊繃，「那你呢？我不也沒有問你的來歷嗎？」

「我來上班的時候有交過履歷，你沒看怎麼怪我。」

「你會告訴我的都是我不在意的，就像你對我的身高血型體重祖籍也並不十分好奇，我要知道你為什麼甘願在這裡，一個人的能力和他的野心大多是成正比的，像你這樣的年輕人，夢想絕對不是要讓一間咖啡店賺錢這樣……無謂。」

小樂訝異又開心的笑，「你竟然對我感興趣！」

「是。」韓老闆從椅子起身，「不過也不怎麼一定要知道。」

「我只是一個想要擁有幸福日子的人而已。」小樂看著韓老闆寬闊的背影。想他也是與世無爭，但他明明也曾對生活有過劇烈的激情。小樂問他：「你說我能夠嗎？」

「你在冊子裡不是寫著，『在這座城市裡，每個人都至少擁有幸福一次的機會』嗎？」

小樂呆呆的看著冊子，思考如果能讓自己的大腦說服自己，無論何事，都讓我們都能賭定的相信就好了。

韓老闆沖了一杯熱咖啡，瀰漫著小樂喜歡的香氣。

「小樂，我相信那句話，因為我經歷過，而且我還相信，不僅是至少擁有幸福一次的機會，是還能夠再幸福一次。」在香氣消散之前，韓老闆這樣說。

在浮華的春夢裡，沒有人是另一個人的局外人。

4/9 樂

なるほどね！

大志

節錄自《凰城霧語》

弄玉秦家女，蕭史仙處童。來時兔滿月，去後鳳樓空。

春秋時代，秦穆公有一女名叫弄玉。一日，有人獻上珍寶於秦宮，光彩似玉質地如木，此物其實是梧桐碧綠樹的一角枝幹，秦穆公喜之，命巧匠能手將此寶物做成碧玉笙，送予愛女。

一天，公主命侍女焚南海沉香，取碧玉笙，臨窗吹之。月光下，遠方傳來相合的旋律，聲音清亮，響入天際，紫氣自夜色中裊裊襲來，微風拂拂，弄玉心中詫異欽慕。次日，穆公得知這件事，便讓大將孟明去尋訪這個吹簫的人。

孟明訪遍四方，直至華山腳下，聽見鄉村野人說有位年輕少俊，隱居在華山峰裡的明星崖，並且他善於吹簫，其簫聲能讓春花秋開冬雪夏落，跟天宮樂曲沒有不同。

孟明果然在明星崖找到了蕭史，他將公主對他的傾慕說予他聽，於是順利的帶著蕭史回秦宮。

《東周列國志》記載，穆公視蕭史形容瀟灑，有離塵絕俗之韻，心中先有三分歡喜，乃賜坐於旁，問曰：「聞子善簫，亦善笙乎？」

蕭史曰：「臣止能簫，不能笙也！」

又有言稱：「笙者，生也，女媧氏所作，義取發生，律應太簇。簫者，肅也，伏羲氏所作，義取肅清，律應仲呂。」

蕭史應對如流，音聲洪亮，穆公愈悅，謂史曰：「寡人有愛女弄玉，頗通音律，不欲歸之盲婿，願以室吾子。」

才子佳人，一遇相知，金玉良姻，洞房花燭。

兩人成親之後，穆公寵愛公主佳婿，建造了一座鳳凰樓，供兩人過上神仙眷侶般的生活。然，蕭史不是常人，是威鳳化身，祂入了輪迴，上天憐之，故以華山相贈，讓他做一世華山主，有處安棲止息。那日弄玉聽見的簫聲，便是〈華山吟〉第一弄。蕭史教授弄玉吹奏仙曲〈有鳳來儀〉，琴瑟和鳴，一日深夜，兩人在鳳凰樓吹奏笙簫，剎那天際聚攏紫雲，朱凰感召而來。

蕭史告訴弄玉，「上帝命我為華山之主，與子有夙緣，故以簫聲作合，然不應久住人間。今朱凰來迎，可以去矣！」

玉簫吹夢，金釵劃影，悔不同攜。隻身在華山絕頂的蕭史心生孤寂，想念公主弄玉，他在霧靄茫茫的明星崖上顧望人間，百無聊賴，意冷心灰。末了舉身一躍傾落懸崖，以完此身此世。

後有《仙傳拾遺》記載：「秦為作鳳女祠，時聞簫聲。」

第8杯 麝香貓咖啡

清醒時，我們用真名說假話；
而在浮華春夢裡，
我們卻編造假名說出令人痛心的大實話！

小樂從劇烈的頭疼中甦醒過來，淚水早就在臉上乾枯，他摸著自己的胸口覺得裡頭空落落的，靠著枕頭坐起來，不到兩分鐘，一股湧動的噁心像是怪獸要從喉嚨衝出去，他踉蹌的衝進廁所，跌倒在地還是匆忙的爬向馬桶，低頭靠著邊緣咕嚕咕嚕的嘔吐起來。

打開水龍頭，嘩啦啦的水，他伸出雙手舀了冰冷的水洗了一把臉。

他看見自己充滿血絲的眼珠子，蒼白的肌膚，穿著鬆垮白T恤的他像是疲倦軟弱的吸血鬼，也許再瘦一點，再痛一點，再絕望一點，一切都會結束了吧，就不用掙扎了。

讓我被這個沒有善惡沒有公平沒有希望的世界給搞死吧，他躺在生硬無水的浴缸裡，瞪著天花板這麼想著。

我們喜歡小樂。

他永遠充滿道德感，用銳利的匕首朝這個浮華世界射出咻咻咻的善意，他會對辜負真愛的男子說：「我相信有一天你還會遇見一個你愛的女人，她會帶著發亮的笑容，同時牽著她的老公走向你！美死你！」他會對著抱怨讀書無用的學生說：「說讀書沒用的你怎麼沒想過也許沒用的是你呢？」他會對著遊戲人間的浪子說：「這年頭做雞做鴨都賺錢，就是做人不值錢，連做一隻北極熊都還有人會對牠掉兩滴眼淚，而做人除了繳不完的電話費水電瓦斯錢和信用卡帳單外還有甚麼？」

他對任何人都有張厭世的面孔、刻薄的嘴，但是在很多時候，他心裡那個脆弱而無助的小孩會光著腳丫子衝出來，用羨慕的眼光拽著咖啡館過客們的衣角，懦懦的喊：「我好羨慕你們呀！我好想擁有幸福的日子，可是我時間不夠了！」

如果現在給他一個唐僧，或許，他會把唐先生洗乾淨了丟進大鍋爐裡，加一把蒜和兩片薑，淋上醬油把火開大，一瓶米酒加進去後蓋上蓋子，等到白嫩嫩的唐先生把把湯汁都吸收，肌膚浮現小麥的咖啡色，再丟一些九層塔。

三杯唐僧，美味下飯，食療強身，長生不老。

他為什麼要吃唐僧呢？

因為他得了癌症。

因為醫生告訴他治療的成功率遠遠小於一半。

因為他想要活下去。

大雨惡毒的毆打著來不及應對的路人，小樂把秋陽的繩子拉進咖啡館裡，這隻狗說來奇妙，牠討厭雨天，只要見下雨就慵懶地趴在地上，動也不動，並且還露出一種狀似明媚的哀傷笑容，聽起很詭異吧，對於一隻薩摩耶犬來說，不流露微笑本身就是一件很鬼怪的事了。

坐在室內的客人裡有一位西裝革履的男人，他的氣質跟咖啡館很不搭調，不是指他沒質感，而是就像在滂沱的大雨天你忽然看見郭台銘走進店裡，張望著牆上的畫與明信片，你也會有種「你該不會是閒著沒事於是跑來買店面的吧？」的搞笑疑惑，比如費玉清閒著沒事就看看房子買買房子，有錢真好啊，一般人只能沒事去超商買買報紙而已。

「我對這間店很有好感，我想買下這間店。」年紀約近六十的男子，帶著皺紋的眼角笑著說。

「你說甚麼？」

男人姓嚴，小樂叫他嚴董。嚴董東、嚴董西，他說出來覺得好險自己不是穿著短裙濃妝艷抹的年輕女子，否則多像在呼喚恩客。

聽完了所有來龍去脈，小樂石化的坐在椅子，雙手放在膝蓋上，他看見那份購買說明企劃上的金額欄位，一時數不清的零零零零零零，他就暈了。直到二十鐘後嚴董放下咖啡杯，說自己後面還有行程先走了。

他講：「我這兩天都還在台北，你隨時可以聯絡我。」

「那我下週跟您約時間，進一步消息我們屆時再談。」

「我說我這兩天會在台北，是指我只有今天和明天會在台北。」

一輛黑頭轎車緩緩的停在街道旁邊，在司機關上車門前，嚴董對小樂溫和的笑笑，抬手與他揮別。

小樂在咖啡館的十個月裡都沒有想到會發生這件事，有人要出價買下這間店，在這個連鎖咖啡店橫行的台北，十幾萬就能加盟一間知名品牌的世道，竟然有人要花七位數字買下咖啡館！

小樂像一隻興高采烈的黃金獵犬繞著韓老闆兜圈，訴說著剛剛發生的事，韓老闆東繞西轉試圖想要甩開他，但是小樂已經嗨翻了，不但忘我的揪住韓老闆的肌肉膀子，更在他越來越靈活的掙脫中，惡狠狠地幾乎抱住韓老闆，看起來就像是積極要像上人類身的滑稽惡鬼。

在新興的商業中，好比時下流行的新創，這些營運模式都是以能用滿意的價格賣出作為一種成功的表徵，在公關業工作過的小樂，對於此刻發生的事情是大大的滿意，想自己該不是經商的亨通黃金手吧。

韓老闆把咖啡濾紙像是符咒一樣的貼在小樂的額頭，「不賣。」

小樂攀在韓老闆身上的手僵住，眼睛眨呀眨，彷彿剛剛聽見韓老闆說外星人終於要毀滅地球了一樣，有聽沒有懂。「你瘋了嗎？我們為什麼不賣，這筆錢與遠高於我們再做一年的淨利潤。」

「是又如何，你剛剛跟那個男人說的話我也聽了一些，我只告訴你，我——們——不——賣。」韓老闆看著靈魂出竅的小樂，把他的手指頭一根根撥開，淡定的走到小倉庫去。

小樂追過去，搭在門上說：「我們必須要賣！」

「甚麼叫必須要賣？你清楚他的來頭嗎？」

小樂原本只知其名，但google一下也就一清二楚。嚴董做物流業起家，一五年的時候開始在北京投資出版，對文藝和公益的興趣近年逐步增加，大概這兩件事情在富人眼中都是一樣的，都是附庸風雅。他買下這間咖啡廳，是希望做成基金會的會館，方便人事交誼。「他給的資金數字非常合理，當然因為時間很倉促，我還有很多細節沒能仔細確認，但我不認為這會是詐騙，他是有名字的人，騙我們一間清清淡淡的咖啡館，太莫名其妙了。」

隔天，小樂撥打了名片上的號碼。嘟嘟的撥接聲結束後，他立刻揚聲說：「你好我是梁丘樂，我找嚴董，和他有約定好的商務會談，麻煩你幫我轉過去，只耽誤他兩分鐘。」流利的對話，從前他應付過太多難纏的祕書了。

「我就是。」對話那頭的人笑著說。

小樂還以為他給自己的是檯面上的電話，用於公事與社交應酬，通常企業家的這支號碼都會轉給秘書，不過是給人名片時略表親近罷了。小樂兩三句先客氣的感激他的欣賞，接著進入核心，「我們恐怕還需要一點時間，因為最近剛好在季度結算，我們老闆比較謹慎，需要多個一兩週，也是對估價細心，以免估低了對不起自己，估高了又好像在騙您花錢。」

「你們那一個小店還有季度結算？不好意思，我沒有嘲笑的意思，只是新奇和欣賞，我喜歡做事縝密的人。」

他很意外這樣的條件在這樣的景氣下，小樂他們竟然沒有馬上應允接受。

「如果這真的是你們的志業，又不想另起爐灶嫌麻煩的話，你看這樣，本來我是想讓自己基金會的人接手，但我看你們店員簡單，也就兩個人，如果你有意思，不如之後繼續留下來幫我打理，你們的薪水都可以再討論。」人真的撞好運的時候萬里長城都擋不住啊，但小樂一時根本不能回應這個選項，只說五個工作日內一定跟他答覆。

「那行，不過我晚上就離開台北飛曼哈頓，下週我讓我身邊的人去咖啡館一趟，你跟她接著洽談，好嗎？」

「太感激您了。」

小樂沒有辦法說服韓老闆。

漫長的一週，韓老闆跟小樂像是對峙的兩軍，各自籌謀，各自盤算著彼此的心思。而在代表嚴董的人來臨之前，小樂說：「拜託你讓我聽聽看對方帶來的新條件，也許你到時候也會動心，但不管如何，你不准出聲打斷人家，要是你趕走客人我一定會開飛機撞你的。」

「你好，我叫Molly。」她穿著一件chanel絲綢白色襯衫，外頭罩著一件軟呢長衣，乳白色率性而優雅的牛仔褲，亮紅色的小牛皮長靴，在安靜的服飾中增添亮麗的步伐。

Molly！小樂重複了一次她的名字，「茉莉嗎？」

模樣二十八九的輕熟女微笑，她有兩個梨渦，「我姓高，本名叫茉黎，所以從小就叫Molly，你隨意稱呼。」

小樂介紹自己，又比了韓老闆，小樂喊了他，韓老闆卻絲毫不理，臉把頭從吧台探出來都不肯。小樂對茉黎一笑，轉頭就皺起眉頭，走過去趴在吧台上悄聲的說：「你好歹跟嚴董的代表打個招呼吧，買賣成不成仁義都在啊。」

「走開。」韓老闆的表情像是他下一秒就要殺人，或者把誰的手臂摘下來放進冷凍庫。

小樂走回咖啡桌說，呵呵呵的說：「抱歉，生意好的老闆都比較大牌嘛，真是受不了耶。」小樂刻意浮誇的抱怨，把這整件事變成一個逗趣的玩笑。

茉黎搖頭表示不在意，臉上客客氣氣的笑，直說：「嚴董讓我把詳細的想法又再擬了一份意向書，條件詳細，保證你們的條款也都明定的更清晰，最重要的是收購的價錢略略又加了一點，以表我們的誠意。」

小樂小心翼翼的打開那份牛皮紙袋，像是裡頭裝著乾隆的聖旨，翻了每一條明定的條件與款項，他讚許又感激的點頭，「妳連我們的員工福利都寫好了。」

她看了一眼韓老闆，斟酌的說：「那你願意繼續留在咖啡館嗎？到時候店裡只需要對我負責，不會有其他複雜的人事變動，不會麻煩的，甚至在內部的作業營運你老——」

吵鬧喀喀咖咖的磨豆聲打斷了對話，小樂嘖一聲回頭，和韓老闆僵硬的對看著。

高小姐尷尬一笑，繼續說：「我是說我會盡量不打擾你們本來的工作節奏，如果你們希望我儘量不管事，那也沒問題，咖啡館變成基金會的交誼場所後不僅會有一定的客源收入，你們也沒不用過度為營收擔心，再者即便是虧，也不打緊的。」

小樂謝過她，驚喊一聲說：「妳來咖啡館我竟然只給妳白開水，妳等我一下，我讓老闆給妳沖咖啡。」

小樂站在韓老闆面前，覺得自己像是癡人說夢的要求他沖咖啡，他可是連招呼都不願意打啊，他避開韓老闆的眼色，「你要是真的心不甘情不願，那我就拿還有剩的黑咖啡給人了，不過那樣她怎麼會知道你的咖啡工藝，到時候不開心降個百分之十的收購金，你就不要後悔。」

就在小樂自顧自說話的時候，韓老闆已經用塞風壺煮好了咖啡，選用的同一份豆子能夠沖泡三次，每次的風味都不同，在吧台上擺著三杯，分別是第一次沖泡到第三次沖泡。「拿中間那杯。」韓老闆說。

小樂欣喜的露出微笑，無聲的說：「謝謝你。」

「麝香貓咖啡？」

「妳的鼻子好靈哦！」

「我以前是聞香師。」她端起來，深深的用嗅覺品嘗，「它有濃烈到難以相信的氣味，像是酒般醇厚，但口感比起其他咖啡又遜於平淡，對於只聞香不愛喝的我來說，這種咖啡是最好的選擇。」

「聞香師！能夠讓我對特殊職業感到驚奇的，除了驅魔師之外大概就是妳了。」小樂哈哈的玩笑。

韓老闆走到了櫃檯坐下，拿起折疊過的報紙，但只要小樂一瞄向他，他就像能感應的抬頭回看，然後用眼神說：「你別做夢了，除非我斷氣否則我不賣！」，這就叫會說話的眼睛啊！

韓老闆惡劣的態度讓小樂在揣測，難道這是一種手腕嗎？他增加猶豫期讓咖啡館的價值增加，反正他也不是非得要賣，不如拚個最高利潤？就是最後合作吹了，他也不差這一筆，哎呀，若真是如此，那韓老闆真是太狡詐又睿智啦！

小樂想一定是這樣的，必然是這樣的，否則韓老闆幹嘛一副反社會人格嚴重迸發樣子，真要有那種情況也是自己這個厭世小天王發生才合理吧。

「那我們可以簽定了嗎？還是還有不夠完善的地方？」

小樂在心底告訴自己，我一定可以把咖啡館賣出去的！我一定會把咖啡館賣出去的！我一定會逼著韓老闆把咖啡館賣出去的！他從前在公關公司具備的思想與能力都忽然被啟動，就像是失去記憶卻在被攻擊時自動還手的忍者，俗話說的好，沒寫的作業老師會知道，腦袋忘記的事身體會知道。

鎮靜、優雅，迷人、自信，再加點不多不少的禮貌，小樂用韓老闆聽得見的音量對Molly說：「對不起，我們必須回頭討論，實話是，我們可以不賣，的確你們的開價很吸引人，但我們老闆有理想上的考量，他不缺錢，所以高額的數字對我來說很動心，但在他眼裡未必有效果，等他確定好賣斷之後的生活規劃，也許就有能不能合作的答案了，我很有信心。」

茉黎平滑的眉頭揪起，貌似勢在必得的說：「如果讓你們繼續持有一部份的股份，比如一成的收益額外歸你們所有……」

老天呀！這就對了。

韓老闆啪地站起來，推門離開。帥呀！老闆，你真是太英明神武了，小樂在心中對韓老闆佩服的五體投地。

他們一起望向門口，長長的沉默與咖啡香氣迴盪在空間裡。

「拜託你一定要賣給我。」

「其實我不能完全的決定，韓老闆的要與不要才是關鍵。」

「那請你一定說服他！」茉黎篤定而誠懇的說。

「為什麼呢？」小樂第一次開始感到奇怪了，難道她有不能不完成的壓力，是失敗的話嚴董會歸咎於她嗎？「咖啡館那麼多，嚴董也未必執著我們這家吧，他到底看中我們店甚麼了？」

茉黎往椅背靠，雙手伸直放在桌上，她嘆息，「其實是我推薦嚴董收購你們店的。」

「是妳想要我們店？」

「這麼說是對也不對，基金會本來就有交誼場所的需求，是另開會館，還是挑現成的都一樣，選擇咖啡館不過是我的私心。」她看著小樂誠懇的說：「因為年輕的時候我曾有過一句話，像是夢想吧，我想開一間咖啡館。」

難道拿老闆的店當自己的店，這也行啊！

小樂捧著第一次沖泡的那杯麝香貓咖啡，熱氣撲上臉頰，他說：「還好妳沒這麼做，十個開咖啡館的五個會在一年內收攤，兩個能多上半年壽命，還有兩個會抱著懷疑的心情不賺也不賠的走完三年，而剩下的那一個，才能在第三年之後開始回本，真正的經營一家讓老闆不會得憂鬱症的咖啡廳。」他搖頭笑笑：「自己出錢開咖啡廳的，都是有熱血與激情的人啊，也都是勇敢的傻子。」

「當時候我老公也是這麼說的，但無論如何，我都會開的，因為那是我對於年輕的時候，唯一還能記得的美好印象，現在的我甚麼都不想要，只想要兌現這個想法。」

「那是個很浪漫的故事嗎？如果夠賺人熱淚，說不定我可以拿這個去說服韓老闆，我能曉之以理，就看妳能不能幫我動之以情，雙管齊下？」

茉黎苦澀的一笑，「你們老闆嚴肅不活潑，可是你卻鬼靈熱鬧，我真的很難想像這家咖啡館平日到底是甚麼氣氛。」她想起自己的曾經。

追憶似水年華。

「等你那麼久，甘願回來了。」茉黎把太陽眼鏡推到頭頂，鼓著臉看著從入境大廳走來的男朋友，「你知道我們又分開多久了，我真的很生氣啦！」她背過身哼哼的踱步，撞似要跑走。

男子把行李箱擱在一旁，從後頭追上，一隻壯碩有力的手攬住她，他的聲音低低的笑：「對不起，我知道妳受委屈了。」

她轉過身，捏著男朋友的臉，「念大學的時候我在三峽，你在木柵荒原一樣的後山上，我去找你都要跋山涉水，好了！畢業完你又當兵，原本以為總算不用等了，結果你又去美國念研究所，念完了總算該回台灣，誰知道你又依舊飄盪在異國工作，你這王八蛋，這一次又是一年多，我告訴你，我不等你了，我就是要親眼見你一面，跟你說再見。」

她又要轉身，但不敵男子一扯，「我不是天天跟妳skype，在國外那些日子我可沒有偷腥啊，對妳絕對效忠。」

「還敢說，這一年多我只能對著電腦看你，我到底是跟windows談戀愛還是和你談戀愛啊，而且這中間你連放假都不回來，死沒良心。」

「妳知道算到昨天，我們隔了多久沒見嗎？」他露出神祕的笑容，把一隻手兜進口袋裡。

「一年多啊。」

「是五二零個日子。」

「你以為編個數字就很浪漫嗎?當初你在當兵的時候我淚流滿面的替你倒數返回陽間的日子,我就不偉大嗎?」

男子拍了拍她的頭說:「我辭職了。」

「你說甚麼!」

他大大的手掌像揪小貓的放在她的後脖子,「怎樣?老公失業了妳擔心啊,不養我?」

「你瘋了吧!那麼好的工作,我盼著你念那麼多書,不就是要進入世界五百大企業好好賺錢嗎?你以為老娘的青春不用錢啊,而且你是誰老公,我又沒嫁你。」在她說話的時候,男子抓著她的手,把一個銀質戒指套進她的無名指。「哎呀你別弄,很癢。」

茉黎一瞥自己的手,瞬間愣住。

「這一年我真的只有工作,老外不流行加班,但我就愛留在公司,就想多存一點錢就是一點,這一年除了三餐甚麼都沒花,妳看我身上這件襯衫,還是上次回來妳陪著我買的,我存的錢,夠給妳一趟揮霍的蜜月旅行了。」

「你要娶我!」

「妳不嫁嗎?我是妳青春唯一的投資耶!」

茉黎笑著瞪他。

男朋友捧著她的臉,渴望而熱烈的親吻她。

「欸,我們不要蜜月旅行,拿這一筆錢做更有意義的事怎麼樣。」茉黎讓自己的語氣聽起來正面又充滿希望。

「不是才開始妳就進入沒有浪漫的主婦模式吧，妳知道這對婚姻是多大的危害嗎？對外國人來說，維持婚姻的浪漫甚至是生活一項必備的開銷，我覺得這種精神我們很應該學習！」

「浪漫？我還沒說完你怎麼知道我沒有。」茉黎臉色肯定而隆重的說：「我們開一家咖啡廳怎麼樣。」

男朋友懷疑的看著她，「妳在化妝品公司做得好好的，怎麼想開咖啡廳？」

「這幾年做下來，我發現我估計沒有辦法晉升高層管理階級，這是品牌大中華區的人事問題，我也懶得去揪結，而且我不是還有老公負責掙錢嗎？反正我的職業壽命有限，不如提早做第二春的準備。」

男子哭笑不得，他摟著她的肩講：「茉黎，我跟妳說認真的，做咖啡廳不賺錢，妳換別的吧。」

「你不信我能成功！我又不是只會做白日夢的少女，我有社會經歷，我有人脈和專業的計畫，搞不好給我開了十家八家，我變咖啡大亨呢。」

「好好好，咖啡大亨，可是妳這樣把我給妳準備好的驚喜破壞了。」

「又有甚麼花招？」她揪著他的耳朵。

「我雖然辭職，但我已經獲得了軟銀旗下的一家電商子公司的邀請，我隨時到班隨時上崗！」

茱黎震驚的吸一口氣，不能接受的揪著自己的脖子，「你又要走了，你找的五百強企業就不能是台灣的嗎？」

「是我們要走，這次我帶妳一起。」男子溫柔的講。

那段在異國的日子充滿新鮮，充滿情意，充滿了過去兩人從未有過的浪漫與激情，也許是過往總可望而不可及，終於日日相伴的感觸像一股巨大的幸福淹沒了他們。

直到茱黎妹妹的到來。大學放暑假的她當作旅行來找姊姊，

茱黎很疼她的妹妹，她個性大方爽朗，妹妹本也是的，只是在自己面前小妹總是溫溫吞吞。好多年前，茱黎曾對小妹說：「妳明明也想要一台新的電腦，為什麼不跟爸媽爭取，只說沒關係，回到房間又見妳不高興。」

「因為妳會心疼我啊。」小妹燦爛的笑出來，「鬧妳的，我當然想要啊，可是又不是所有想要的都能得到，如果一定要爭，那總有人要受傷，我們只能有一臺新的電腦，這是沒有辦法改變的現實，我又不幼稚，妳念大學了，統計課那些有沒有電腦就不能完成的報告，論最需要的人，是妳！」

茱黎抱住小妹，心裡不舒服，卻又不能不感動。但她寧可小妹不懂事只會吵鬧，也不要這個理性而散發出巨大哀怨的妹妹。「妳就是這樣，以退為進，從小就懂我良心不安。」

「我知道妳對我好，妳要是對我壞，我就跟妳爭了。」

後來那一臺筆電她們分著用，雖然小妹說了無所謂，但茱黎哪怕是讓她聽音樂也要她用，她不喜歡看妹妹受委屈的神色。

「姊姊，妳為什麼要這樣，我不在乎的。」

「因為我開始覺得，我凡事都搶了妳的，妳對我有生氣過對不對。」

「妳是姊姊，好的自然都會落到妳身上，妳心裡有我就好了。」

茉黎看她淡淡的笑，她沒說不生氣，果然呀。她只能回應：「姊姊一定心裡有妳。」

這是小妹第一次出國，到了大學年紀才有這經驗，比起很多人都晚了，但是茉黎不同，她倒是和朋友出去過四五遍。當小妹看著名勝的古寺廟，像電視劇情境的日本語，她笑得好開心，她穿著一件奶油黃色的裙子跑在石頭道上，茉黎的老公拿著相機對她拍照，忽然，她消失在鏡頭中，她的姊夫放下相機，快步跑過去，摟住她的肩說：「這麼不小心，等一下回家妳姊姊知道一定要揍我。」

她本來眼眶有因刺痛而打轉的淚水，不過看見模樣大男人的姊夫說起姊姊竟然有可愛的害怕，「別擔心，我不讓她知道。」

夜裡，男子躡手躡腳的拿著小巧的醫藥箱，打開了客房。

「先消毒一下，然後貼這個人工敷料，女孩子的膝蓋不要留疤，不然以後妳看見會不開心的。」他拿起棉花沾了生理食鹽水，輕輕的擦過去，小妹忍不住抽氣呻吟。

「忍一下。」他輕輕的消毒又抹藥，他又額外拿了一條小藥膏，「這是去疤美容的，我特地到藥妝店買給妳，等傷口好了記得自己抹，照三餐抹，千萬不要忘記。」

「姊夫就這麼心疼女孩子的外表？」她取笑說。

「妳長得漂亮我才緊張，要是妳普通一點，有個坑坑疤疤我還真的不會那麼掛心。」

他坐在床邊，發現自己的雙手還放在小妹的腿上，這一思想讓他迅速的抽回手，結果反而更尷尬。

小妹衝著他笑，「那我跟姊姊比起來，誰比較美？」

「這個問題妳應該在妳姊姊面前問，在她面前我肯定說妳，我平常還找不到機會鬧她呢。」

「這麼說妳是真心覺得姊姊比較美囉？」

男子瞪著小妹剛剛洗完澡的臉蛋，透亮的白皮膚，帶著濕潤的劉海，紅紅的小嘴唇，他笑說：「妳也好看，只是我比較偏好茉黎那種樣子。」

她們父母也說姊姊比較標緻，可是到了外頭，人人都說妹妹更甜，兩人相比妹妹略勝一籌。可見啊，父母偏心，可是沒關係的，這麼多年了她曾幾何時計較過。

男子打開門，看見茉黎倚著門笑，她的長髮用一個大夾子攏在後腦勺，臉上掛著戲謔的笑容，「好大膽啊，半夜不睡覺跑到小姨子房間，傳出去是你不要做人，還是我不要見人呀？」

男子卡在房間中央，像動彈不得的魚。

「姊姊別鬧他了，他哪敢呀，他都在自己身上標註產權所有人了，心裡滿滿的都是妳。」小妹嬌嬌的笑。

男子快步走了出去。

「姊姊，我真羨慕妳，妳甚麼好的都佔了，當妳的妹妹，真可憐。」她像撒嬌般的說，然後躺下背過身去。

茉黎不知該說甚麼，只能怔怔的關上門。

一個漫長的夏天終於快要到盡頭，茉黎這樣想著，她想為什麼呢？從前自己是最愛燦爛的夏天的，如今竟然嫌長。她彷彿看見小妹同樣光亮的笑容，她冷冷地揚起嘴角，她一直覺得在那張嬌嫩而無謂的神情下，還有一張陰暗而嚇人的面孔，彷彿長著獠牙的鬼神模樣。

「妹妹，妳就要回去了，還有甚麼想做的嗎？」

「我這次來，就想看看妳過得好嗎，其實，從小到大我都覺得妳活得好輕鬆，如果我和妳是雙胞胎，或者我是妳的姊姊，也許妳的命運就不一樣了吧。」

茉黎很疼她的妹妹，因為她知道自己擁有的太多了，而這份擁有，源自於妹妹的不能得到。二十年的被剝奪與被佔有，倘若練成一把要求償還的劍，那該如何才能抵抗？

「妳會這樣幸福的在他鄉終老吧。」

「我們都還很年輕，誰知道呀。」

小妹嬌豔的笑起來。茉黎看著妹妹的臉孔，穿著一身素白平口洋裝的她，笑出了令人膽戰心驚的模樣，就像躺在繁盛薔薇花田裡的蛇蠍美人。

離開的前一天晚上，他們在外面的餐館喝酒，第一次喝清酒的小妹臉上有緋紅色的酒暈，茉黎也敞開心胸的喝，男子看她們高興，自己也暢飲的很愉快。深夜裡，三個人嘻嘻哈哈的回到家中，小妹倒在沙發上，男子急匆匆的把茉黎拽進房間，對著她的肩頭又親又咬。

茉黎暈暈眩炫的笑，「沒力氣了，別鬧。」

他把她抱到床上，撥開她的頭髮，酒氣在兩人之間變成滾燙的慾望。擔心房外的人聽見聲響，他壓抑而歡愉抱緊茉黎，幾次纏綿，熱情繾綣，直到茉黎精疲力盡的倒在他的胸膛。

「再醒一下，真的睡了？」他輕輕捏著她臉蛋，埋怨又無可奈何的親了一下，把她放平蓋上被子。

揪著一件毛巾他就走到了浴室。

酒色迷茫之中，他也渾然忘記家中還有人，打開浴室見小妹穿著一件薄到禁不起輕輕一拉的背心，少女白潔的雙腿全然無遮蔽，他愣愣的，並不關注自己也只穿著一件歪七扭八的內褲。

兩個人跟坦誠相見沒有不同。

「姊夫。」小妹回過神後，非常緩慢的走到他面前，柔柔的手掌貼上他的結實而強壯的胸膛上，她把側臉靠了上去，男人炙熱的溫度，劇烈跳動的心臟她用肌膚感受的一清二楚。

她張開手擁抱，下巴擱在他的胸膛上，軟弱而無力的望著他。

離開那天，小妹也擁抱了茉黎。

茉黎輕輕說：「妳好好替我照顧爸媽，現在他們只有妳了。」

「那不要緊，反正他們也只掛念妳。」她依舊是一副我無所謂的態度。

茉黎不自覺的皺眉，她嘆息，「對不起，沒有為什麼，但是我真的很對不起。」

小妹蕩漾起輕輕的笑容，陽光像碎金子撒在她的身上，她在茉黎耳邊說：「我也只能原諒妳了，因為，我和姊夫睡了。」

拉開距離後，小妹靜靜欣賞茉黎不能言語的表情，看見水氣變成發亮的光芒聚攏在她的眼眶。她拉著茉黎手，「甚麼好的妳都拿了，我好感激妳分享那些本來就有我一份的東西，不怨妳，怨妳生的好時辰，我只是好奇，妳的八字能讓妳今天以後繼續幸福嗎？」

她對朝她們走來的男子甜甜揮手，喊著：「姊夫，我走啦！」

接著她踏步離開了，最後像是重要的事情沒說，她拿起手機打給就在身後不遠的姊姊。「對了，我真的不恨妳，不過呀，妳那種得了便宜還賣乖，佔盡好處還表現自己很無辜的樣子，實在讓我好反胃。」她回頭看見男子的手搭在姊姊肩上，而她捏著手機直直看向自己，眼淚落了下來。

所有的歷史都會被償還的，無論是當下，三個月，還是很多年以後。

要嘛被愛，要嘛被恨，總有一種結局找上你。

小樂氣急敗壞的在原地跳上跳下，幾乎要抓著韓老闆尖叫。「你根本沒想清楚，這個價錢為什麼不賣！」

韓老闆瞪著他，「不賣就是不賣，你不要再發瘋了，你要待下來就不要吵，不然立刻滾去你想去的地方。」

「我們要賣！一定要賣！老闆你真的有看見合約嗎？需要我用愛朗誦給你聽他們開的奢

侈條件嗎？」

「甚麼時候是我們，只有我跟你，沒有我們。」

「必須要賣！」

「不賣！」

「你連關店都不在乎了，賣不賣又有甚麼關係，你以為我還有多少時間盤算這家店，現在賣出你能得到最好的利潤回饋，機不可失，時不再來，你必須看清楚情況。」

「你給我滾！」

小樂扶著牆，一口氣嗆在心裡，「我一直以為你早就把我當成夥伴了，你要知道……這段時間我在咖啡館裡付出的心力不比你少。」

「誰讓你這麼做了，你有甚麼理由要這麼做。」

「因為這是我唯一能把握的！」他的聲音像是蚊子一樣小。

「我已經縱容你夠多了，我的咖啡館很簡單，在你來之前是這樣的，到了今天幾乎你想怎麼樣就能怎麼樣，是我的錯，讓你誤會你有這個權利。」

「我能締造的商業價值是你請別人不能有的。」

「你當然證明了，不然我不會用你到現在！你用數字說話，對，你有實力，你讓咖啡館賺錢，但是這不表示甚麼，不要再討論了！沒有好說的。」

他必須說服韓老闆做出正確的決定，不管是要哭要鬧，變著法子讓韓老闆接受這個發著金光的合約，當他決定要據理力爭，長期抗戰時，撕裂般的疼痛一路從頭皮傳到腳趾，他的思緒被強行登出，「你必須答——」兩眼望出去是失去訊號的電視螢幕，密密麻麻的黑白點。砰的一聲，他摔在門邊。

小樂倒了下去，彷彿忽然中了魔咒沉沉睡去，徹底暈厥。

甦醒時，他的手心抓著柔軟的被單，掙扎的爬起來，恐懼比仍隱隱作痛的感受先發生。這裡是哪裡啊？陌生人的房間，球衣掛在衣架桿子上，靠在牆壁上巨大的黑色沙包，一面擁有無數收納抽屜的牆，有些是空洞的模樣，擺著畫擺著美式作風的模型，還有擺著照片。

小樂眼睛一亮，拿起比視線略為高一些的那幅相框，一瞧……怎麼會！難道是自己沒睡醒嗎？

「醒了啊！還真的把我嚇一跳。」韓老闆穿著一件黑色的緊身三角褲，帶著水珠的健壯肌肉像是電影裡刻意放慢鏡頭的畫面，一吋吋的放大播放，觀眾發出呼嚕呼嚕的口水聲。

等到他到了四十幾歲，一定會變成那個飾演〇〇七電影的丹尼爾・克雷格，性感的男人變成性感的老男人，但終究是翻滾著巨大魅力的人。

「我感覺我好像迷濛間又吐了。」他想估計是吐了韓老闆一身。

「所以你可以理解我把你扒光吧。」小樂這才發現自己穿著過於寬大的T恤，小樂拍了拍胸口，「感謝大人！」

「你是甚麼毛病！怎麼又暈又吐的。」

「我生病啦，但無所謂的，你看現在我不是還能站能跳的嗎？」小樂仍舊知道身體陣陣發疼，他躺回床上閉起眼睛，韓老闆把臥室的燈關掉，只換上小夜燈坐在他身邊。

雖然無話，可是兩個人心裡都有話。

「老闆，你不如告訴我你堅持不肯賣的原因吧，讓我好好的死心，否則我就是再暈十遍，也不會放過你的。」

韓老闆笑，用手撥亂了小樂的劉海。

「那個女人，不是嚴董事長的老婆，也不是他的員工，而是他情婦。」

小樂激動的坐挺，「真的？你怎麼看的出來！」

「你有沒有想過為什麼她會看中這間店？」

「是秦小姐介紹的呀，這還不是我的功勞，我讓我們店有了名氣，大家口耳相傳，我真的是覺得自己棒棒的。」

「他是我的前妻！」

「甚麼，你說甚麼！不可能。」小樂瞪著韓老闆，燈光微暗中，他的身影像是壯闊的軍人，他寬廣的肩膀讓人充滿依賴感，側臉的模樣恍恍惚惚，跟油畫裡赤裸裸的英俊男人沒有區別。

「你不要告訴我，你就是那個……天哪不可能的。」

「你知道當初我為什麼會錄取你，應該是說是甚麼讓我決定試試看，看你這個口沫橫飛的小子到底有幾分能耐！」

因為小樂也是一樣的不懂喝咖啡，只是喜歡聞咖啡。

「小樂，咖啡店不能賣，我不願意，我要讓她知道，她再也不能從我這得到甚麼了，既然她當初要走，就不能回頭。」

「你們分開了，這……不能怪她，她也很受傷吧。」

「我不是記恨她，因為是我犯了錯，只是我也沒辦法再面對她了，分開的那時候，她不給我一次解釋的機會！難道恨，就可抹煞所有的愛嗎？我是犯了錯，只是那麼長的恩愛，在她心裡竟然不能換給我一次解釋的機會。」

原來沒有人是放得下的，只是看有沒有動到真感情。

「韓老闆，我明白你，但又何苦呢，情緒上的較勁或許很過癮，可是你不是小心眼的人，而且……跟甚麼都可以過不去卻別跟錢過不去嘛，你還有多漫長的人生，大不了把錢拿了，去到一個永遠也沒有她的地方，你又不是非把根扎在台北的人，人生那麼無常了，也許明天就有意外呢，她死了，或者是你死了，那些源於愛的恨也就都沒有意思了。」

韓老闆笑起來，「胡說八道！」

「難得有我比你看得開的時候。」

「你才不是看得開，是知道怎麼樣能活得更好，你又憑什麼覺得把店賣了我會給你分錢？」

「因為你是韓老闆啊，說真的！有時候我都不知道你是裝傻還是真不計較，店裡的財物都我在管，雖然我們拆帳，但你怎麼知道我有沒有做手腳。」

「那你有嗎？」

「有啊。」

韓老闆哼，「你沒有，你這人喜歡把自己裝的像大壞蛋，可是沒有騙過任何一個人，人人都知道你傻。」

「你才傻。」小樂把自己埋進棉被裡，聲音很沮喪，「老闆，要不你自己跟她談吧，賣與不賣，我不管了。」

沉默很久，足以讓人沉沉睡去的時間，韓東宇才說：「已經很久了，我只負責管沖咖啡，其他的事都是你在拿主意，何況談生意老闆去做甚麼，他不也找人代理嗎？」

小樂心中有驚喜，「那你要我怎麼做？」

「你自己決定吧。」他默默說：「我心裡有堅持，可是我又問自己，如果真的賣了會怎樣，我會生氣？我會抓著你還是對她發飆？這間咖啡館……本來就是為了她，大不了如你所說，揮揮手俐落離開而已。」他雲淡風輕一笑：「隨你吧！小樂爺。」

他看顧小樂一整夜，小樂沒有深眠，而他根本不能睡去。

「你到底有怎樣的人生？」

「要我從何說起呢。」小樂睜開眼睛，雙手抓著棉被笑說。

「你來到咖啡館，到底是在躲甚麼，以你的能力，以你的理智，你不會讓自己在二十多歲的時候選擇安逸的。」

「我是在躲死神呀。」

「唔？」

「別那麼嚴肅，我只是得了癌症而已。」他知道自己的鼻子酸了起來，很快的眼淚就會抑制不住的落下來。

「不要討論，我沒有力氣哭了。」

韓老闆發燙而有力的手掌貼在小樂的肩胛骨揉捏著，他說：「休息吧，好好睡一覺。」

小樂一笑，放鬆的進入沒有疼痛的夢裡去。

茉黎穿著褐紫紅色的valentino縐紗印花洋裝，腳上是裸色的細高跟鞋，像是一朵盛開在宮中的瑰麗富貴花，生活的多滋潤呀。

她推門而入，小樂冷冷地看。

到底是誰的錯，她的離開是在懲罰韓老闆，還是懲罰自己與妹妹虧欠糾結的宿命。

「對不起，我們不會合作了。」小樂說。

「為什麼，你應該知道價錢是不可能的高了，而且你們也可以留下來，一點都不會被影響的。」

「妳清楚箇中緣由。」

茉黎盯著小樂的眼睛，嘆息似的說：「是他？」

「不，老闆說可以賣的，但是，反而是我不甘願了。」

「你覺得我對不起他？老公的出軌，不管是真心還是意外，作為一個女人選擇離婚有甚麼不對。」

「妳的選擇沒有錯，不過是為了日子，誰都想開開心心的，只是，妳妹妹懷孕了！妳為什麼把她的小孩帶走，妳讓韓老闆這麼多年都見不到自己的孩子，他求過妳，哪怕是一次通話、一張照片，妳連小孩的模樣都不肯給他看！我不知道我有沒有權利批評，但如果有，我會說妳太狠。」

茉黎緩慢的眨了眼睛，一笑，「不見，才能沒有缺憾的好好想念。」

麝香貓咖啡的香氣已經冷透了，她這才喝了一口。

她起身朝小樂伸出手，「你的意思我了解了，謝謝你，我不會再來打擾，請幫我告訴東宇，讓他別恨我，因為我沒有恨過他，也請他不要對我保有其他感情，把我遺忘就好，因為，我們不可以再愛了。」

小樂看著她從容離開的背影。忽然之間，他大步跑過台階，對她說：「為什麼不能再愛呢？妳能想像嗎？因為對妳的感情，他開了一家咖啡館，就這樣待在這，沒有盡頭的過著日子，白癡都知道他還是愛妳呀。」

「我知道！我想買下這間咖啡館就是希望能逼走他，他還有很好的未來，那個男人呀，是我見過最有擔當，最能信守承諾的人，我不想他一輩子困在跟我有關的錯誤裡。」她看著小樂皺在一起的悲傷臉龐，伸出手安慰的摸了下他消瘦的臉頰輕笑說：「替我勸勸他吧，但也別讓他躲去其他地方了，這座城市裡還有他的幸福，我的妹妹，還在等他呢。」

原來彼此的辜負，是因為相互的錯誤成全。

夜晚的台北城到處點滿了燈光，
無數的亮點連成紅紅火火的一片，從高
空看下去就像是鳳凰流麗的翅膀，
晶光璀璨，整座都市熠熠生輝。
我倚在窗頭邊想，愛情似霞光美得
那麼短，卻要讓人用一生去銘記，遺
憾狠且長。
世間的事都是天意弄人，可是奈何天。

5/27 樂

第9杯瑰夏咖啡

台北城裡有一隻鳳凰，
絢爛的如夢如幻如花如錦如霧如雪如詩如畫
如你所有最奢侈的願望。Yar

在這座城市裡，每個人都至少擁有幸福一次的機會。

小樂相信，相信，相信。

Linda走進店裡，小樂對韓老闆喊：「藍山！老闆快點。」

她覺得小樂可愛的笑起來，「不用急，現在放暑假啦，我也跟學生一樣放假，有時間可以悠哉的在店裡喝。」

好快呀！又到了夏天，是陽光爛漫的季節了。

「這是甚麼，我很常看你捧著它，還以為是帳簿！」Linda指著吧台上的冊子，好奇的問。

小樂從書背翻了一面，亮出書皮，「這是《凰城霧語》，裡面都是這座城市的故事，我來到這裡也寫進去了不少，搞不好有一天整理整理還能出書呢。」

「都是誰的故事？」

「朋友的，噢，也可以說是客人的，因為我和客人變成朋友嘛。」小樂摸著那些被他烙印下字跡的紙張，筆墨刻畫出凹凸的觸感，摸起來很舒服。他閒聊般的說：「妳是少數在我來之前就已經出現的常客，當初妳是怎麼會找上這裡呢，畢竟我們店曾經是那麼值得被忽略。」小樂翻了一個嘲諷的白眼。

Linda手指頭撥了下《凰城霧語》，側著頭輕輕思考，意味深藏的笑容，「那麼，不要錯過我的故事，也許我會是你筆下最精彩的一篇呦。」

小樂眨巴眼睛，故作神祕的抽出筆，捧著冊子模仿起問案的刑警說：「交代吧，被妳殺過的人埋在哪座後院？」

「我是因為韓大哥才會天天過來的。」

「不要告訴我妳暗戀他很久，如果是這樣的話我要為妳默哀，因為他心裡有人了。」

Linda點頭，「算猜對了，我，喜歡韓東宇大哥。」

小樂的笑容緩緩脫落，他愣愣地看著她，片刻才呵呵地笑，「沒關係，是愛情啊！」我說哪有那麼忠誠的客人，小樂心笑：才發現所有的商業行為都源自於愛。

「不只是愛情。」

「那還是驚悚故事不成？」

「我在自己的感情裡劈腿，還在別人的感情裡當小三，最不該做，最不可以被原諒，最不會被理解的事情於我都發生了，你說驚悚？也不為過。」她清麗的鵝蛋臉龐流露痛楚的顏色，像是看見了猙獰的過去，「我不是有意劈腿的，可能我只是不甘心，你問我是不是想報復那個女人，我會說不知道，因為我不真正恨她，但是我的行為像是我恨她，好比她也不愛我，但她的行為像是她愛我。」

「妳不要告訴我，妳還有跟那男人有了孩子！」

小樂心裡直打鼓，覺得太過意外，但天下圓滿的愛情千千種，俗濫得卻都是同一款。

「夠犯賤吧，我也不知道老天那麼好心腸賜我一個小孩，就那一次，有多少人求神拜佛訪遍名醫就是生不出來，而我，竟然就這麼偶然的一次便有了。所以我不信宗教，只信人間有報應，因為我經歷過。」

「妳後悔嗎？」

「何止後悔，那個孩子我愛她，又怕她，而我這輩子也只能有她，因為生產時差點難產，即便孩子最後生下來，而我也再不能生了，醫生告訴我的時候我只覺得好呀，報應不爽。」

小樂吐不出一個字安慰。

一個失去生育能力的女人，她會失去多少期待？如果她還想愛，如果她的愛期盼有那樣的結果。

Linda十指交扣，倚著下巴，「一定是這孩子懲罰我，因為我在她成形的時候自己買了墮胎藥，我坐在客廳沙發上端著一杯溫水，當時多傻多勇敢，仰頭就吞了。」一陣剜心的疼痛，像是有人拿著斧頭的從內劈著她的肚子，「當我流著血倒在客廳時，是那個被我破壞婚姻的女人救了我，她哭喊的拍打我的臉，告訴我絕對不可以放棄，一定要守住這個孩子，她哭泣的像是自己在滴血一樣痛，那個人，是我的姊姊。」

Linda的姊姊，就是Molly高茉黎。

在醫院醒來的時候，茉黎握著她的手，欣慰的笑，「沒事了，別怕，孩子已經救下來，妳好好在醫院休養，姊姊會照顧妳的。」

次日，韓東宇就出現在醫院。他寸步不離的照顧Linda，你問為了甚麼，他不能思考，只知道這個女人的肚子裡有自己的骨血，他照料是應該，而他愛的女人告訴他，「你必須對我妹妹負責，要是你不願意，我會用自己的生命來折磨你，哪怕那要我去死。」

「姊姊真的把一切都還給我了，對她來說，只有感受到刺心的割捨疼痛，她才放心，才覺得沒有歸欠。」Linda發現自己不想要這份姊姊的歉意，早知道追討補償會獲得這麼大的磨難，那不如算了。

原來有些帳，你竟是討不得！命裡注定就是要你活該受罪，是的，讓人想破口大罵上帝虧待，可是你要是執意去討，你只會更痛。

「在醫院的那些日子，是我的姊夫無微不至的照顧我，他是我孩子的爸爸，那幾個月彷彿是獨立在人生之外的情節，只有我跟他，還有我們的孩子。也許不僅是孩子會對父親產生依賴，孩子的母親也會對他有依賴的吧。」Linda抱著自己的小腹說：「我愛上了他，於是才真正的愧對我姊姊。」

她離開了這段關係，因為她不想對不起姊姊，「寧可天下人負我，休教我負天下人」，她是這樣的脾氣，她寧願猖狂鄙視別人的錯誤，也不要有愧於別人而畏縮。但是一切晚了，她以為帶走孩子的姊姊會和韓東宇回去東京過上幸福的日子，卻沒想到姊姊斷了他們，從此三個人，彼此牽掛卻誰都不能善終。

「我到學校教書算是一種心理補償吧，那些被我看著長大的學生，都是我的小孩，雖然我的資歷還很淺，可是有一天我的學生會結婚，很多很多的人會找到愛的人，過上幸福的日子，那個時候，我一定也會感到幸福的。」

好聚怎麼能好散，實在太難，太多的難。

洛謙穿著一件深藍色夾克，他掛著初來時，那副有金屬V字的太陽眼鏡，「小樂，大半年不見！」他摘下墨鏡，彷彿看見不該太瘦的熊貓，詫異說：「你怎麼又瘦啦！」

「難怪我說怎麼最近神經氣爽，原來你好久沒來。」小樂哼哼的笑，依舊填了一張摩卡的單子給韓老闆。

「今天我約欣嵐，我有些話還是要跟她說的。」

小樂拍了桌子，手指幾乎要戳到洛謙的臉上，「我警告你哦，不要去破壞別人的家庭，失去的人就不要再想念，那樣只會讓自己看起來很窩囊，除此之外你甚麼也得不到！」

「那些話不是為我說的，是為她說的，如果我沒有真正由衷地把我能做到的結局告訴她，你信不信，她才會真正用一輩子去思考，我們到底為什麼不能走到一起。」

「萬一她動搖呢！」

他挑眉而笑，「那就是我和她的幸福結局。」

「你去死吧。」小樂無奈的笑笑，「過了就算了吧，你不要過度哀愁已經發生的遺憾，因為一定還會有新的……悲劇等著你呀。」他的笑容是翻滾的毒液咕嚕咕嚕的發光冒泡。

她來了，推門而入。

欣嵐的頭髮一絲落在臉頰，她伸手扶過放在耳後，先對小樂一笑，然後看見轉身的洛謙。

「別來無恙？」她主動的說。

他們在小樂面前問候彼此的近況，洛謙一直用眼色暗示小樂，讓他別盯著自己瞧，但小樂搖頭晃腦擺出齜牙咧嘴的笑容，眼底是巨大的「我才不理你」。

往事已多風雨，如今不適合提起，而新的日子又缺乏話題，很快的兩個人都無話可說。欣嵐壓亮了螢幕時間，只得一笑說：「知道你現在在醫院認真跟叔叔學習如何當董事，總算安分下來，我替你開心，好啦，咖啡也喝完，我就先走了，改天，我們有空再聚吧。」她要掏錢包，卻被洛謙按住包包，他口吃的說：「不……不用，我請妳喝咖啡。」

「噢，那謝謝了。」

兩個人停滯時間的互望。

小樂一看，用手打了洛謙，他才把手從欣嵐的手背上離開。

「欣嵐姊再見。」小樂微笑說，揮舞著手送她離開。

一回頭就變臉的瞪著洛謙，「你瘋了，你剛剛差點犯法了知不知道，她是別人白紙黑字的配偶，你不能愛呀！」

「你！」洛謙咬牙唉了一聲，忖思片刻，要追出去。小樂擋在他面前，揪著他的雙手，「你別胡鬧，你真的冷靜一點想想，不要為了衝動又害了她，你忘記自己欠她多少嗎？」

洛謙愣愣地看著小樂，他露出疑惑的表情，茫然問：「我真的就這樣讓她走了，就是最大的祝福嗎？」

「甚麼意思？」

「你告訴我，沒有我的話她的人生是最好的，你肯定的話我就不追了。」

小樂吞了一口口水，抓住洛謙的手逐漸放軟，「會不會太晚了？」

「我就怕現在還為時未晚。」洛謙對小樂笑，「我和她還是一定可以幸福的！」

洛謙快步跑出去，街口轉角的公車站牌前，欣嵐在站那。

兩人相望的距離，不過五十公尺，兩個人幸福的機率，也是百分之五十的可能。

「欣嵐！」洛謙喊。

她抬起頭，看著扶著大腿跑到大口喘氣的洛謙朝自己揮手。

「甚麼事打電話說啊，跑成這樣。」

洛謙擺擺手，挺直腰桿說，「不行，一定要看著妳說。」

「別鬧了，我要上車了，你回去吧。」欣嵐看著他像是少年的不羈模樣忍不住笑出來。隨後轉頭踏上公車。

「原諒我，都怪我是個超級大白癡，十四年前，我早就喜歡妳了，我一直以為那是誤會，可是，可是那就是愛啊。我好喜歡，好喜歡，好喜歡，好喜歡，好喜歡妳，就算要犯下更多的錯，就算要被很多人瞧不起和大罵，我還是要告訴妳我好喜歡妳啊。」他聲嘶力竭地大喊，「謝謝妳，曾經死心踏地的喜歡狼心狗肺的我。」

站在台北的中心呼喚愛情？多愚蠢，多可愛。

欣嵐拿錢包的手還探在包包裡，抿起的嘴像是強行忍住笑意，她問：「說完了沒有。」

「還沒有！」一字一句，驚天動地，他把雙手放在嘴邊，眼底的水光婆娑著一片光亮，他說：「我——好——喜——歡——妳。」

小樂笑到東倒西歪，可是眼淚卻一直掉下來，想楊洛謙真是一個大笨蛋，自己才不會被他感動。

公車司機怒目看著她，「小姐，妳要上車嗎？」

「不好意思，等我一下。」欣嵐摀著嘴，不斷調整呼吸，她對洛謙喊：「對不起，我已經不能再喜歡你了。」

傾刻間，她滿臉都是不能自已的淚水，哭到氣喘吁吁。

「沒關係。」洛謙的笑容很大很燦爛，他說：「做不了妳的男人，我還是好感激，還好妳過得很幸福，因為這樣我才能快樂。」

他用手臂遮住眼睛，聲音有哽咽，沙啞到令聞者心碎，「欣嵐，我好喜歡好喜歡好喜歡好喜歡好喜歡好喜歡妳！所以，」他的嘴角有上揚的笑意，眼角的淚水像是十七歲那天夏天盛開的梔子花瓣，飄散著回憶的壯闊芬芳。他說：「下輩子，妳一定要再愛上我一次，好不好。」

小樂看他也是笑著的，那麼，他應該很快樂。

欣嵐淚流滿面的回過頭，甜甜的一笑，點頭答應。隨後踏上階梯，公車揚長而去。

「她很喜歡這首歌喔。」小樂對洛謙說。

「哪一首？」

小樂白眼他，「她的偶像是劉若英啊，連我都知道。」

「她哦，可是她只有一首歌我覺得不錯聽。」

後來，我總算學會了如何去愛，可惜你早已遠去，消失在人海

後來，終於在眼淚中明白，有些人，一旦錯過就不再。

永遠不會再重來，有一個男孩，愛著那個女孩。

會幸福的吧，終於告白的男孩，與終於被愛過的女孩。

我們以為每天都高度相同，相同的時間起床，相同的工作地點，相同的看著太陽升起與黑夜降落，但事實上，每一天都是如此的不同。

天空聚攏著雲氣，陰沉的氣息讓人神思倦怠。

日子像是在水底盛開的粉紅色櫻花，散發著搖曳的曖昧光芒，

小樂沒想到還會見到她，茉黎站在門外，身後還有一個孩子的身影，小樂想破頭也不能知道這是甚麼緣故。

很漫長的尷尬，屬於小樂自己的。

「你很訝異我的出現？」茉黎露出爽快的微笑，小樂不知道她的這句話是調劑的幽默還是出招之前的挑釁。

「我以為關於咖啡館的事情，妳和韓老闆的事情，都已經很清楚了。」小樂疲憊的椅子走下來，他現在只想栽在鬆軟的床榻上，永生永世，至死不渝。彷彿要耗盡力氣的他抬頭挺胸，把目光移到那個孩子，他的眉頭用力皺起來，無法轉移注意力在那孩子的面容上。

「也許，該給他見一面，只是他好像不在。」

「這是……韓老闆的女兒！」小樂的面容鎮靜，卻有很大的震驚。

女孩子伸著舌頭對著小樂揮手，她的笑容很甜，小樂傾刻間忍不住紅了眼眶，他不知道為什麼自己要難過。

那是一個唐氏症的孩子。

「對不起。」小樂的眼淚啪答的落下一滴。他急促的擦掉淚水，為自己的失態而慌張。

「這就是為什麼把這個孩子搶走，不讓我的妹妹照顧她，她那麼年輕，沒有辦法帶著這個孩子生活的。」

小樂走到那個孩子身邊，揚起笑容，聲音乾澀像含沙的說：「妳好，我叫小樂。」

所有的故事，不到最後，你是不能知道真相的。這就是人生，曾經我們用歡笑相看的風景，有一天會是淚眼婆娑的理由，曾經堅信不移的自以為，某年某月會變成猛力的一巴掌，打燙我們的面頰。

這就是結局的用意，讓我們知道事情不是這樣的，恨愛不要太早，因為路還很長，人都還沒走光。

女孩兒寫下來的字扭曲而寬大，她在冊子上寫著：「我喜歡你」

小樂的淚水劈哩啪啦的落下來，他握住她的手，「老天太殘忍了。」原來會痛的哭泣才叫做流淚，否則再多的淚水，都只是自我感覺良好的無病呻吟。小樂的心疼得皺起，很痛，很痛。

茉黎輕輕拍著小樂的肩膀，「不可以這樣子，她不會你懂哭甚麼，她會很困惑的。」「對不起，真的對不起，對不起她對不起妳。」小樂拿衛生紙擦拭淚濕的臉龐，「妳那麼偉大，我竟然還以為妳是要報仇，我真是太小心眼。」

韓老闆的女兒被茉黎細心照顧的很好。做人情婦，有足夠的資本能好好照料一個孩子，她也就別無所願了。

這就是她的幸福。

「妳怕孩子同樣會是韓老闆人生的束縛，所以不肯讓他見到。」那天她對小樂說：「不見，才能沒有缺憾的好好想念。」要有多愛，才能有這樣碩大的匪夷所思的成全。小樂真是傷透腦筋了。「茉黎姊，妳怕是想錯了，他永遠會以為妳是因為恨所以奪走他的小孩，他對妳有愧不敢追究，同時不問又只能讓他一輩子恨妳，而對於韓老闆來說，人生被掩埋那麼大的真相，對他來說真的是幸運嗎？」

「一個是我最愛的男人，一個是我至親的妹妹，做任何的決定我都不容易，但是我想，如果我一個人能夠瓦解三個人的終生疼痛，那太值得了。」

「要為了他們受苦一輩子，也許他們知道有這個女兒，還是會感到幸福呢？」

「甚麼叫受苦？哪來的苦，我和這個孩子很快樂的生活在一起。」她寵溺的望向女孩兒，「無論如何，我不能拿我妹妹的幸福和東宇的未來賭一把，你太年輕，不知道人生被禁錮的絕望可怕，所以即便他們相見，他也不會知道這是他的誰，我仍舊還是有點壞心的。」

「我真的不知道怎麼為我先前說過的話致歉。」

「你是為晟瑛和東宇說的話，我又怎麼會怪你。」

「這輩子，妳就這樣了嗎？」

「不是每個人都能夠過上幸福的日子的，作為一個大人，理解這件事很基本的。」她看著在門口跟秋陽玩得嘻嘻笑笑的孩子，她蕩漾明媚的笑：「看著她長大我覺得很快樂，陪伴孩子生活的心情真的很溫暖的，她剛出生的時候只有那麼一丁點，然後，轉眼就見她去上幼兒園，她跌倒，她大笑，她難過的時候……她融入這個社會是這麼的難，但她卻從來沒有放棄，我也曾經無數次在她睡著的夜裡為她流淚，直到有一次她半夜發現我在哭，她說：『媽媽不要哭，我會保護妳，媽媽妳不要哭，我會保護妳的。』」她肯定的說：「這輩子我就是她的母親。」

誰虧欠誰，都不是這麼簡單可以說清楚的吧。

「姊姊？」Linda走進店裡，深深吸了一口氣。

「晟瑛，妳怎麼在這！」

「路過而已。」Linda低聲說道，旋即轉頭踏出咖啡館。

小樂劇烈的咳嗽起來，他問茉黎：「妳剛剛叫Linda甚麼！」

時光是俐落的刀，再會奔跑，它終究能在某個不經意的時刻，將你切得鮮血淋漓，逃不過的。所有人都是。

日子很快的滑過完整的春夏秋冬，等到小樂意識到時，從初相見到如今已經快是一年。

韓老闆坐在吧檯，他沖泡了一杯瑰夏咖啡，明媚的香氣，像玫瑰似柑橘，落入舌尖彷彿有蝴蝶在吸取花蜜的甘甜，而咖啡溫度越涼，花果的冷香就越明朗。這是他專門為小樂做的。

「你的工作契約還有二十多天，但我已經把你的薪資轉到了帳戶，扣除店成本的結餘按拆分也全數匯入，你自己確認一下。」

「老闆，你這是要結束營業嗎？」

韓老闆哼哼一笑，「我好像沒有說我要一輩子當咖啡店老闆吧。」曾幾何時韓東宇被小樂「老闆！老闆！」催眠般的叫喊，於是他也用這兩個字稱呼自己了。「小樂，你不可能一輩子待在這裡，我希望你照顧好自己。」

「老闆，你為什麼不成全Linda，她等了你這麼幾年，你也是一個人過著，不如湊合，她會覺得幸福，而你也勝過自己孤獨。」

「湊合是不會有幸福的，我承認我可以愛她，但我也不會欺騙自己，因為真正用心會愛是她的姊姊，我不想耽誤她。」

小樂笑了，茉黎不想耽誤韓老闆，韓老闆不想耽誤Linda，晟瑛不想耽誤大志先生，最後到底誰被成全了。

快樂好難。

快樂就像七歲那年偷吃的糖，滄海桑田，再也品嘗不到了。

「老闆，你現在要做的一切，能讓你感到開心嗎？」

「我快樂過，而人生是一趟向前不停的單趟車程，也許我這輩子就這樣了，但你不是，你才剛上車不久。」

「我不走。」

「可我要走了！」

小樂氣氣的說：「你走去出家算了吧。」

「我一個人過日子，早上醒來到咖啡廳，下班就回家，這種日子跟修行沒有不同，可是心如止水，我很滿意。」

「你簡直是神經病。」

「小樂，你累了，我要關掉這間咖啡館，有一半的原因是為你，你難道要我看著你走到盡頭嗎？我不肯，也不敢，我想要你好好的活下去。」他別過頭，用從來沒有的輕鬆語調說：「你比你想的還要棒，從你來的這些日子，漲了整整三倍的銷售，你看到戶頭裡的錢一定會笑到哭出來的，所以該治病的治病，治好了還能好好玩。」

「你真的要收了？」

「你不想收？」他的手搭在小樂肩頭，像是受不了他的倔強，笑說：「那也罷，隨你主意，屬於我的我收拾好了，其他的都歸你了。」韓老闆交出一本手寫的潦草帳本。小樂都用電腦記帳，到現在他才知道原來這些數據老闆都記著，房屋的合約和下一期已經結清的進貨帳單，他都交給小樂了。

韓東宇把小樂拉到自己懷裡，給他一個溫暖的擁抱，如父如兄，他的手輕輕撫摸著小樂的腦袋瓜，「小樂，你一定要好好的，答應我一定要好好的活下去，我還要再見到你。」

然後，小樂再也沒看過韓老闆。

韓老闆很精細，他確實有把自己那份鈔票帶走。但他說好給小樂的，能給小樂的都留下了。

他就這樣離開了，小樂想，他是去非洲看長頸鹿和獅子散步了吧。

應該也和幸福不太遙遠。

而Linda再來的時候，小樂看著不再有韓老闆的咖啡館，搖頭大笑：「晚了，我甚至都沒力氣為你們遺憾，怕你們都習慣彼此蹉跎，彼此一遍遍錯過了吧。」

「小樂，你的老闆是個心死的人，我不會再愛他了。」

他不理解他們，這些認真愛過的人總喜歡在最後一刻放棄，像是故意。

「那是因為不知道還要等多久，好比考試，一年考不上，隔一年，題目仍舊是那些，總會有看透的時候，工作再難，還會有百裡選一。可是愛一個人，就是他了，他若是五百年不改，我難道變成開花的樹不成？」她笑了，「我不是不能等，而是知道沒有盡頭，便算了。」

小樂趴在桌上，搖頭之後，再搖頭。

「總有事情是我們無能為力的，可是小樂，不見得要很難過啊，得不到的也很好，因為遺憾以後才能有懷念的餘地。」

Linda要去新加坡當華語老師，匆促決定，毅然決然。

「一去三年？會不會太久！」

「三年有多長，不過一千多個日子，我回來的時候，估計你還來不及老。」

小樂捧著肚子呵呵笑起來，是這樣的吧。

「對了，原來妳叫晟瑛？」

「是呀，怎麼了。」

小樂不敢置信的笑起來，「沒有，只是覺得『造化弄人』四個字實在可惡，老天究竟想要我們怎麼樣呢？」他竊竊悵然的問：「那個曾經被拋下的人，你放下了嗎？」

「那個男孩子呀！」Linda唇邊突然蕩漾明媚的笑意，「他是我十七歲那年最愛的人，是我到現在都捨不得想起的一個人，不過他也是我這輩子，不想再見到的人。」Linda蜷曲手指，眉頭低低的有哀愁，「也許我們都要對不起一個深愛我們的人，才能學會好好做一個人。」

她最後只問：「小樂，我們都走了，你的韓老闆也走了，那你呢？在這座城市裡你又要到哪裡去？」

小樂上了金山，他靠在安陽柱旁邊說：「到頭來還是不能窩在咖啡館，當初醫生說我就剩一年的時間，現在算一算，差不多是盡頭了，你說現在我該何去何從？」他拍了拍兩腿旁的青青土地，哼哼的笑問：「最後一面，是我見你，還是你送我呢。」

安秋陽汪汪兩聲，小樂抱著他撇嘴故作癟嘴：「哎呀，還有你這傢伙，我要是走了你該怎麼辦，誰張羅你的下午茶，真是個小麻煩。」說著說著，自己就啜泣了起來。

他孤單到沒有一個地方能讓他放聲痛哭。

那天他給安陽柱講了最後一個，關於台北的鳳凰。

小樂把冊子放在腿上，「那些我沒說完的故事，但願，此後有人能替我接下去唱。」

文明的第二個千年，這千年裡頭的最後一個乙酉年。

靈氣震盪，裊裊的硝火燃燒了梧桐樹的枝枒。

朱凰在野心家的槍火中昂起纖細的頸，寂厲長鳴，鏗鏘的珠玉泣聲震斷了九州的命脈，刺破了東方蒼天。祂五彩的羽翼像爆炸的煙花，四散在台北城裡的每一吋磚瓦。望不斷的天涯，祂的尾翼滑落深邃海峽，變成波光粼粼的瑪瑙猩紅亮光，祂與熊熊的焰火炙熱相擁，閉上眼，與城市冥合成一道朱色的傷。

歷史的對錯，是令人心碎的問題，與一碰就痛的傷疤。

鶉火之禽，淚珠耿耿熇熇灼灼煌煌。

朱凰沒有離開，祂的靈魄一直在這座城市盤旋。

在每個鳳凰花開的妖艷盛夏，祂會借用南方星宿的光輝來俯瞰台北。若祂依舊沒有等到威鳳歸來，那麼立夏當日便會下雨。立夏的雨，是祂的眼淚。淒淒煙雨後，祂會再一次撕裂自己的彩翼，飄散的羽毛會化作微弱的光點，落在祈願的人柔軟的心尖上。

祂要這座城市裡的人，都有太平的快樂，昌盛的幸福。

小樂在咖啡館左盼右盼，終於盼來了一個老朋友。

「秦小姐，你來了。」

「你在等我？」她在網上看見了咖啡館要結束營業的消息，想著必定要來坐坐，只是一時人在香港，昨天才回到台北，今天就來了。

「好端端的怎麼收了，不是生意上有困難吧？」

「倒不是生意不好，客人挺穩定的，我也都覺得做順手，可是我們老闆任性呀，說不做就不做了。」

秦小姐昂著脖子，張望一件，「我就說哪裡怪怪的，原來是韓老闆不在。」她溫和又懇切地說：「如果是一時資金有困難，需要應急，我可以幫忙，這座城市說小不小，咖啡館又到處都是，既然我會到這裡喝咖啡，又認識了你，這是緣分，我很樂意幫忙。」

「我本來也覺得我們老闆走了，大不了我自己做下去，可是我發現沒有韓老闆在這裡，一切就不對味了，好比我不太會沖咖啡的，就是我學會，也沒有他的工藝，比如我在跟客人哈拉的時候，他都會從櫃檯瞥我一眼，一副受不了我的樣子……我想我們已經養成了這家咖啡的節奏，少了任何一個人都不對，既然人去樓空是必然，我也沒甚麼好惋惜的。」小樂露出抱歉的眼色，「但我真的有一件事要麻煩秦小姐，你朋友多，也都是資金寬裕的朋友，在韓老闆開咖啡館之前這裡就是賣咖啡的，就算是我對這裡的一點感情吧，我想請妳問問朋友裡有沒有人有興趣頂下的，這裡已經有一批熟客，周遭同性質的店面我們又是營銷最好，只要繼續好好經營，不會虧錢！」

「你既然不惋惜，卻又想要它繼續開下去。」

「這樣如果有一天，我還能再回到這裡，或是任何一個人再來，它還在的話那該有多好啊。」

「我幫你找Molly吧，她應該還是願意買的。」

「不了。」既然走了，就不要回頭，對自己是，對她也是。

秦小姐看小樂面有豫色，便也不再勉強，「好吧，我會替你張羅的，你在價格方面有沒有要求，或是希望頂下店面的人要擁有甚麼背景？」

小樂晃腦，「這都沒有，妳看對方是有誠意的就行，如果一切順利，到時候我給秦小姐一成的傭金。」

「知道這是你的禮數，但真不必，讓未來的老闆多請我兩杯咖啡，我就不算做無用功的。」

小樂看著天花板的燈，釋然的笑。

秋陽隨著打開的門跑到他們桌旁邊坐下，小樂無奈癟嘴，「現在就剩你了，你的歸宿還不知道在哪呢。」

「你不養牠了！你要去哪，離開台北嗎。」

「我……我得了癌症，一年前確診的，那時候我並不想接受，可是到了今天我想要面對它，我要去住院了。」小樂揉著秋陽的背，又愁又笑的。

秦小姐淡然一莫，只輕輕地搔著秋陽的頭，「狗狗，願不願意到大宅子陪我呀。」

「秦小姐！這太為難妳了，養狗比找人頂店面麻煩太多太多，這我真的不敢讓妳幫忙。」

秦小姐笑，「我一直想養狗，小時候就想，只是缺乏契機，你真的要我特地去挑一隻狗我又不會，現在倒好，有一隻這麼漂亮的狗，我能暫時照顧牠對我來說是恰好。」

「我不能答應妳，早知道我就不說自己的事了。」

「有甚麼麻煩的，不過是暫時照顧，而且牠的吃喝拉撒我家還有幫傭幫忙照料，累不到我。」

「秦小姐，我不知道會不會是暫時照顧，我就是現在開始治療，康復的機會也……我們也許不會再有這樣相處的時候了，如果把秋陽託付給你，我怕那是一輩子。」

「一輩子？那有甚麼了不起，一輩子，不過是愛過一陣子，恨過一陣子，恍恍惚惚就這麼過大半輩子了……不再說囉！牠跟我有緣，今天就要跟我回家。」小樂在門邊抱著秋陽落下眼淚，滾燙的淚珠滑進牠柔軟的皮毛裡，「總算還有一個你是幸福的，太好了。」小樂在哈哈的笑顏裡淚流滿面。

秦小姐對小樂說：「我相信你會來接牠的。」

蒼白的光芒照亮了小樂的世界。

他躺在墊著薄薄軟綿的病床，聞見冰涼的消毒藥水味道。在進手術室前的走廊上，小樂看著戴上口罩面無表情的醫生，他問說：「麻醉過後，我還會醒過來嗎？」

小樂做了一個夢，那天他剛剛來到咖啡館，踏上台階之前，他看見一隻正紅色的大鳥飛過，剎那間，所有的畫面都被浪潮般的熱氣搖動，嗶嗶剝剝的沸騰起來，朱色而光芒鋒利的大鳥是碩大而抓不住的流星，絢爛的不可思議，似輕煙擦過空中，彈指掠過。

小樂想，那會不會是鳳凰呢？

如果是鳳凰，那麼看見的人，會幸福的吧。

小樂咯咯咯的笑了出來。他在綻放著白光溫暖的長夢裡，永遠沒有哀愁的笑著。

この物語を語る私は一体何者だ、と貴方は気になるでしょう
私が珈琲店に着いた時、梁丘楽は既に去った。
私は貯金をすべてこの珈琲店に投資し。今この「凰城霧語」は私の手にある、当初楽ちゃんはこの本を倉庫に置いてまま去った。彼が書いた物語にびっくりされた、彼の物語を読み上げ、全ての物語を理解した、そして、彼の言ったことをやっと分かった。「この華美である世界の中、誰も別人のアウトサイダーではない」っと。私は珈琲店の物語、そしてこの都会の物語を、暇のある限り書き続ける、と思う。

凰の帰巣を待つ　　大志

青春文學03　PG1973

要有光 FIAT LUX

浮華世界：台北凰城霧語

作　　者	明星煌
責任編輯	辛秉學
圖文排版	周妤靜
封面設計	葉力安

出版策劃	要有光
發 行 人	宋政坤
法律顧問	毛國樑　律師
印製發行	秀威資訊科技股份有限公司 114台北市內湖區瑞光路76巷65號1樓 電話：+886-2-2796-3638　傳真：+886-2-2796-1377 http://www.showwe.com.tw
劃撥帳號	19563868　戶名：秀威資訊科技股份有限公司 讀者服務信箱：service@showwe.com.tw
展售門市	國家書店（松江門市） 104台北市中山區松江路209號1樓 電話：+886-2-2518-0207　傳真：+886-2-2518-0778
網路訂購	秀威網路書店：http://store.showwe.tw 國家網路書店：http://www.govbooks.com.tw
總 經 銷	聯合發行股份有限公司 231新北市新店區寶橋路235巷6弄6號4F 電話：+886-2-2917-8022　傳真：+886-2-2915-6275

出版日期	2018年2月　BOD一版
定　　價	300元

國家圖書館出版品預行編目

浮華世界：台北凰城霧語 / 明星煌著. -- 一版.
-- 臺北市：要有光, 2018.02
面； 公分
BOD版
ISBN 978-986-96013-1-3(平裝)

857.7 106025395

讀者回函卡

感謝您購買本書，為提升服務品質，請填妥以下資料，將讀者回函卡直接寄回或傳真本公司，收到您的寶貴意見後，我們會收藏記錄及檢討，謝謝！

如您需要了解本公司最新出版書目、購書優惠或企劃活動，歡迎您上網查詢或下載相關資料：http:// www.showwe.com.tw

您購買的書名：________________________________

出生日期：________年________月________日

學歷：□高中（含）以下　□大專　□研究所（含）以上

職業：□製造業　□金融業　□資訊業　□軍警　□傳播業　□自由業

□服務業　□公務員　□教職　□學生　□家管　□其它_____

購書地點：□網路書店　□實體書店　□書展　□郵購　□贈閱　□其他

您從何得知本書的消息？

□網路書店　□實體書店　□網路搜尋　□電子報　□書訊　□雜誌

□傳播媒體　□親友推薦　□網站推薦　□部落格　□其他__________

您對本書的評價：（請填代號　1.非常滿意　2.滿意　3.尚可　4.再改進）

封面設計____　版面編排____　內容____　文／譯筆____　價格____

讀完書後您覺得：

□很有收穫　□有收穫　□收穫不多　□沒收穫

對我們的建議：________________________________

____

____

____

請貼
郵票

11466
台北市内湖區瑞光路 76 巷 65 號 1 樓
秀威資訊科技股份有限公司 收
BOD 數位出版事業部

（請沿線對折寄回，謝謝！）

姓　　名：＿＿＿＿＿＿＿＿ 年齡：＿＿＿＿ 性別：□女　□男

郵遞區號：□□□□□

地　　址：＿＿＿＿＿＿＿＿＿＿＿＿＿＿＿＿

聯絡電話：(日)＿＿＿＿＿＿＿＿ (夜)＿＿＿＿＿＿＿＿

E-mail：＿＿＿＿＿＿＿＿＿＿＿＿＿＿＿＿